Diamante

Wendy Turner

ElautortrabajaCon Wendy Tara o Sellama, WendyTurner

LibrosencontradosesAmazon.com

Librospárrafoniños
Assaruna laoscuridad
PerladelDragón
Freddie, ElRatonquéhabla(versionesinglés)
Freddie, ElRatonquéhabla(versionesespañol)

Ficciónpárrafoadultos- Nombredepluma
Diamante, un thriller de asesinato romance (Inglésversion)
Diamante, un thriller de asesinato romance (españolversion**)**

Noficción-Nombrede lapluma Salsasecretadefrases

...

Thisesel unaobradeficciónconpersonajesdeficción...

Publicacionesdetortugas203-150 van Home Street
Penticton, BC V2A 4K2

1-250-460-3258

electrónico:tarasoff\@ gmail.com

ISBN:978-1-7775098-0-4

Expresionesdegratitud

Yogustariaagradecerun mifamiliay aaquellosquécontribuyeronunathishistoria.Jov, Christine, Louise, Lindsay,Scann, Frank,yAmanecer

"Diamante

Labalazumbóporelaireydioeselblanco,otrabalacortoCon Filo Elairecircundanteydioeselblanco.
MattLandodejócaerlosbrazosy lasmanosunaloscostados.Sabiamuybienquépodríatenerquéto marotravida.Suspiro,tomoelaire, Loaspiróprofundamenteyfinalmentelodejóir.MattLandoquerí asablesipodía,siloharíadenuevosituvieraquéhacerlo.

PickettestabaJunto aelesEl Campo detiroyseñalólasiluetadeel unapersona.Amartillósuarma,el unabalasalióalaire,cortándolacomoel unaheridaabierta"Matt,siempreesdiferenteCon Uncuerpo". ElobjetivoficticioCayoalsuelocomoEl del Matt,tocandolasbriznasdehierba...luegolas Naciones Unidassilencioinsoportable.

"Nadatepreparapara lo real,losaullidosDe Dolor. Nada Pickett, Nada.Fuerade lalíneadefuego, MattdirigiósuatencionunasusperrosPolicíaaltamenteentrenado squéhabíanvistocombate. Ambosestabansentados,esperando. MattviocomoPickettyacía.Bajosuarma,pusoelseguroeslasarma s.
Lasarmasestabanaseguradas.Juntos,llevaronunalosperrossaláre adeentrenamientoK-9.
Losperrosnecesitabancorrersobrelapistadeobstáculos,susoído sesalertamaxima

Ambos hombres stomaronlas Naciones Unidasmomentopárrafodiscutirlavida.

"ElladebetenerelpelorojosoñadoMatt,cepillandosuBarbacas tañaconsusmanos. " La VIanoche,el unaFotoReal deellavoyunaprobarlascitasen línea"¡Consíguemeunotambien! Elladebeserrubia",respondióPickett. Hoyllevael unacamisetaazulY Denim.SeñalóesoUna mate, "ParecequéestamoseslamismapáginamezclillaY blues ".

profesiónunavecesasustaa lasmujeres, Eltipodemujeradecuado".

"LamujerpelirrojaadecuadaNo seasustaríafácilmente". LomismoCon larubia,debeserinteligente. "

Serieronjuntosalrespecto.Despuesdequélosperrosterminar onesEl Campo,losDos Hombresempacaronsusarmas,subieronunasusAUTOS Ycondujeronporcaminosseparados.Cadaunollevóunasuperroc onelloseselasientotrasero.

Matt SEdirigióalcentro,serpenteandoporel unacarreterasemidesérticaJunto allLagoOkanaganhaciaelcorazónde Penticton. ERA UNdíadedescansoeslaneblinaDel Sol deveranode latardecariñosa. MattestabapensandoeslaFotoquéviodeella... SEpreguntósiestaríadisponiblepárrafosalir.Quiénsabequéellap odríaserlaindicada. Leenviaríalas Naciones Unidasmensaje.Esosojosazules...

LapelirrojaSaraestabaescasasentadaessuestudioCon una par depantuflasRosasconorejasdeConejoY jeans conel unacamisetaazul. Elproyectode de EhoraterminarsuPlan de Marketing Digital ParaZorteckCorporationesVancouver.ImprimióEl plan pararealizarcorreccionesdeedicióny lepusoel unanotaadhesiva:AnunciosDe Facebook: ¿anunciosde Google\?Costos\?

En solitariotrabajabaporlasmañanas,asiquéteníalatardelibrepárraf ocomprar.Teníaaviones decomprarlas Naciones Unidasvestido.Podríallevarseun jen,sumejoramiga, Conellasiestuvieralibre,perosuhijode dosjahrERA UNpuñado(Jen Loperseguíaunatodascontradictorios)

A Sara leencantabasupropionegociocreadomediantelacombinaciónde trabajosdealquilerPara marketingeslíneaylibros.Dejóelbolígrafoynotoquéeramediodía Para Comer.Luego,salporesevestido.Llamóun jenesEl Monitor delbebé

"¿Jen\?

¿Qué\?

"Listopárrafoirdecompras"

Acabodevolver,Sony

"Thisbien, Toque La Base,mástarde".

Saracomiólas Naciones Unidastrozodejamonyel unaensalada.Fueunasucomputadorapárrafobuscarsusmensaje s.Habíaunode MattLando. Unaellalegustoelnombre. Superfilofrecíael unavisión: Alto, dospulgadasporencimadesualtura,cabelloCastañoconBarba.Pa recequéthispidiendoel unacita.

Cogiólasllavesy elbolsoysalióporlapuerta.

Para mate,ellaeslas Naciones Unidasmisterio,tantoclaro,comooscuro. Parte de la Luzrebota,peroen solitarioel unaparte de laimagen.Elvesuluzesángulos,peroesoesSolo lasuperficie. Ellathisllenadeprismascomplicados,elsabequéabsorbiósuimag enesUn gran peces, y sepreguntósilavidaconellaserialas Naciones UnidasefectodearcoIris, OsiellaSE LOtragaríaentero.

Estudiosusrasgos:cabellorojo, HASTAloshombrosysusonrisaquéirradiaba.Susojosazulesbrill aban. Sivivieraen lamismaciudad,seriaposibleencontrarla,talvez,eslacalle.Efectiv amente, Lohizo.

NuncaesperóencontrarseconellaporaccidenteCon una par dezapatosrojosy unvestidoveraniego.Peroalliestabaellacontaconescaminandota ncercadeelcuandoSe lerompióeltalon. LaatrapóesplenovueloJunto asucoche.

"Tetengo",dijo,oliendosusuavefraganciadevainilla. Lalevanto,abriólapuertadesuAuto y Lasentósuavementeeselasiento.

Ellasonrióconlapizlabialrojo. "Gracias"

"¿Tetorcisteeltobillo\? "

Si, Unpoco. "

"¿Puedo\? "Sintiósutobillo. En solitariomagullado.Sugieronohacerloduranteunosdías. MinombreesMatt, MattLando""¿Tieneslacostumbrederescatarmujeres, Matt\? "Ella SERioentredientes"Sara diamante".

"Creoquétenemosquéquitarnosesezapato"

"Porsupuesto"

"Interesante,tacónde 3pulgadas,talla8. "

"¿Qué\? ¿Tieneslas Naciones Unidasfetichedezapatos\? "

Mattlevantoelzapatoydijo: "¡¡¡¡¡¡Eslas Naciones Unidaszapatodebaile!Tacóndeaguja¿Puedesdecirmedóndeloc ompraste\? "

"RevisartodaLa Ciudad Y LoencontréesZapato de haba,tres

cuadrasdeaquisobreLa 5ta. "

"En solitarionecesitosabledóndepuedocomprarotroPar Parati. ¿Vivescercadeaqui\? "

"Si, Apocadistancia".

¿Entoncestellevaréuna casa\? ",Sonrió.

Ellaasintió.ElpareceagradablepárrafoserMatt yellaseacomodóeselasientodelpasajero.Elerafuerteyteníabuena vibra.Conducíaconcuidado,deliberadamente.

"A LAderecha,segundacasa ".

Aparcóelcoche,diolavuelta, LasacodelcocheY LAdejóesEl Umbral de lapuerta.

"¿Mepuedoquedarconestezapato\?CenaUna 7.Traeréloszapatos".ElsonrióY SEescapóCon Elzapato, ygritofromladistancia: "Notepreocupes,tellevarésiesnecesario".Luegosefue.

SarapensóquéEra Tanlindoydivertidoconloszapatos.TraeréalgodedineroPara parapagarlos. ¡Misfavoritostambien!Pareceextrañoquéestetanconcentradoes ellos. "Bueno,talvezfuevendedordezapatosesotravida". Sarasacolasllaves,abriólapuertayentrócojeandoesLa Casa.

***

MattLandollegóunasuoficinaUna Las 4:30 p.m.dejócaerel unaBolsadeplásticomarcadaShoe Havenessusegundasilla.EssuescritórioeslajefaturadePolicíahab íatresnuevosexpedientes:asesinato,robodejoyasyrobodebolsos . ¡Díaestándar! Sutrabajocomodetectiveconsistíaesbuscaresepequeñode hecho.

El Socio Nicky Pickett SEacercóCon dostazasDe Café "¿\?Mirandolasfotosquévienen\? "

MattMirótresfotosdiferentes.El unaeral unamujerhermosa,posiblementedeunos30jahryquéfueencontradaasesinadaessucasa,el unaEra deel unaanciana, Laúltimaerael unajoyeríaconcollaresDe Diamantesbajocristalesrotosviolentamente."¿Algúnpuntoescomún\? "dijoPickett, "Antes dequélosenviemosunadiferentes

oficiales\? "

MattMirólasfotosyestudiolosdetalles.Entoncesleparecióextrañoquéen solitariohubieralas Naciones UnidaszapatoescadaFoto"Pickett,miraelzapato".

"¿Qué\? "

"¡ElUnicozapatorojouna laderechadelcuerpo! "MattagarrólaBolsamarcadaShoe Haven, Ysacoloszapatosde laCajadezapatos"¡Mira, hijolosmismos!Tacóndeaguja".

"Si,peroMatttodosusanzapatos. Lamujerfueestranguladaybaleada".

Mattsacoel unalupayMiródecercaelzapatoeslaFotode lamujer. "Creoquéhenomás. ¿Ves\? "Matt leentrególalupaun piquete "Mira Loquéhenoeselzapato".

Pickettenfocólalupa","Parecevidrio... "

"O Día de Divaridad".

"Hagamosquélasfotosseanmásgrandespárrafoasegurarnos".

MattagarraEl Resto delArchivoY Lohojea.Encuentraelregistrodepruebas", ¿PICKETT\? ElregistromuestraUn DIAMANTE ".

"Mierda. Los casos pueden ser connected. Matt, ¿por qué tienes el mismopar de rojoEstiletezapatos...\?"

***

Matt llegóSara'sCasa a las 7 p.m. El tiempo es todo; Él sonrió y golpeó a la puerta. Y allí estaba en un hermoso vestido azul. Ella lo miró con esos ojos.

"Estás aquí,"Ella sonrió."Entra."

Miró a la habitación y notó el sofá de chocolate.

"Sentarse."

"Aquí están tus zapatos."

Sara abrió la caja de zapatos y luego dejó a Matt para su habitación y puso los zapatos en el armario.

"Gracias, Matt. ¿Siempre compras un zapatos de mujer en la primera cita\?"

"No, nunca lo tengo. Esto es un primero."

Ella salió del dormitorio con un par de zapatillas, y algo de dinero de su bolso."¿Cuánto, Matt\?"

"Oh, no, estos fueron pagados junto con la cena,"girándolaabajo firmemente. Cómo'S ¿Tu pie\?"

"Todavía dolorido

"GDime tu brazo y vamos a ir."

"Jen\?"

"¿Quién\?"

"JeN Weber, mi novia. Ella vive al lado."Sara señaló el contador de la cocina,"Monitor de bebé para su bebé, Kevin.Él'sDos, y mi cumpleaños"

Matt asiente.

"Jen\?"

"Sí."

"Vamos ahora, Jen."

***

Jen Weber se sentó café consumiendo. En la mesa fueronDos monitores de bebé, uno para Keviny, el otro paraSara'sLugar al lado.

"Hoy dia'sTV Crime Beed Noticias a las 7:30 p.m. para el sábado, 25.

"La mujer de 31 años encontró muerta en su casa en la 100 Bloque deMarpoleÁrea, viernes. La policía investiga.

"Robo de la joyería en la calle de la calle de la calle de la calle. Hombre visto de huida con los 2 millones estimados.

"El puñeta de snatcher se vio corriendo hacia el sur en la calle alta dejó detrás de un diamante y un zapato rojo afirma a la mujer mayor. Él tomó mi bolso también."

Jen estaba mío. Ella turNed fuera del televisor remoto de TV. Ella no hizo'Tengo que escuchar las voces más automáticas.

Uno de los monitores comenzó a hablar. Por lo general, Sara se pidió cuando ella fuera en casa."Hola\?"Sin respuesta. Alguien ... Jen estaba en alerta. Él era loorey a ella a través delVentana, mirando a su cocina. Entonces una voz oscurahabló....

"Te vi en thE Street. Super sexy. Te seguí a casa ... Tengo el zapato rojo. Amo la pyll de cuero nuevo. Yoestará de vuelta. Ahora, iré y pagaré a la anciana una visita. Él se descompró lo que sonaba como un bolso. Sí,aquí'ssu dirección."Los papeles cayeron en el floo.Sara'sflorero de flores que Jen la había dado por su nacimientodía el año pasado cayó roto."Siempre consigo mis diamantes, mi bonita."

Jen sostuvo su mano sobre ellala Boca. Lala voz masculina tuvo suhaNDSsobreEl monitor de bebé en Sara's. Hubo una fuerte respiración en el monitor y dijo la voz,"Yo'llLlévalo también."

Había un no rebananteSE, y la ruptura de vidrioJen'sVentana de cocina. Ella no era'te seguro de qué era yfue a ver-Una bala en la puerta trasera! Fue presentado en modo medio. Ella sumió la bala y se puso de salida a su esposo."Carl\? Carl! No,él'sEn el trabajo, ¡el trabajo!"Ella recogió su teléfono celular para marcar."Él's enSara'scasa.CArl, ven a casa ahora! Tal vez él'sEl asesino. Dijo que me asumía también, Carl."

"Bloqueo usted mismo y al bebé en el baño. Toma tu celdaYo'llLlame a la policía. Había un diamante en un zapato rojo en el armario esta mañana. ¿Lo perdiste de tu anillo de bodas\?"

"No \?\? !! Un diamante\? ¿Dijiste Red Shoe\? YoDon'tPoseer un zapato rojo."Jen fue frenético. Agarró Kevin fuera del suelo, corrió las escaleras con el teléfono y se encerró en sí."Sara, Sara,Don't¡Vaya a casa!"Jen rinde el número."Vamos, ven, sara,pleaaaserecoger"

***

"Este es un lugar agradable, Matt."Sara tomó en elMesas del centro comercialcon velas,y whitCA TABLA DE CUABpétalos de rosa reales, y mate se la sentó en un cPantalla Orner mirando hacia Okanagan LAke."¿Cuál's¿El nombre de este escondite\?"

"El baliza"

"¿Vienes aquí a menudo\?"

"Sí, cuando deseo sentarme y leer un libro,O trae una fecha grave a un sábado por la noche."

"Whoa. Reducir la velocidad y al menos déjame comer cima."Ella se rió.

Matt tomó su mano y miró a esos ojos azules."Bueno, nosotros'llorden, ¿debemos\? ¿Te gustaría el salmón especial\?

"Yo'lltener eso, y un vaso deROJOvino."

La camarera tomó su pedido.

"Yo'llTen el mismo y una taza de cerveza. Te vi en mucho peces, ya sabes, así que parece que tenemos peces en común. ¿Cuánto tiempo has estado en el sitio, Sara\?"

"Solo unos días, en realidad."

"¿Cuál's¿Mi competencia como\?"

"Menta."

"Menta\?"

"Sí, veo que el salmón se sirve con algunas manantiales de menta. Buen contacto"

"Tus manos son tan suaves, Sara. ¡Eres muy bueno en el cambio de un tema!"

"Entonces eres serio entonces. ¿Qué haces para ganarte la vida, mate\?"

"Veo que eres muy sexy con un tenedor. El salmón es morir, y la menta es mi toque especial en su comando. YoPoseer el balizo, y soy un detective homicidio de la policía."

"Wow,"Se detuvo por un momento, salmón en el tenedor.

Él la tomóenA la cocina donde puso su sombrero blanco."Vamos a conocer el chef ...".Él la llevó en sus brazos."¿Puedo tener este primer beso\?"

Fue alrededor de las 7:45 p.m. cuando Sara recibió la llamada y lo puso en el teléfono con altavoz, pero Jen eramuymolesta y hablando demasiado rápido, y todo lo que salió de eso era"Asesino ... Zapato rojo ... Diamante ... en la casa,Don't-", y la línea fue muerta. Sara intentó llamarla, pero no hay respuesta.

***

Por 9 p.m., sAra y Matt habían cumplido la policíaenJen'shouse. Jen y Carl y Baby Kevinfuerontodosafuera en la oscuridad.

Jen estaba frío, temblando del toque, y Carl agarró a Kitin de sus brazos."Sara!"Jen pidió."¡Estaba en tu casa, también! Sara ... Estoy tan asustado."

"¿Cuál's¿Estás en marcha, Matt\?"

Matt dijo:"Estaré de vuelta, Sara."Él movióHacia los otros oficiales."¿Cuál'ssucedió, pickett\?"

"Él se había ido cuando llegamos allí, pero enSara'sCasa había algunos papeles en el piso.¿Pertenecen a Edna King, recuerden el caso de arrastre de bolsas\? Fuimos a la dirección para verla, pero shE estaba muerto, estrangulado:Sentimos que no es seguro para Sara y Jen para quedarse en casa en la actualidad."

"Dios, ahora tenemos dos cuerpos en la morgue."

"¡Mierda!Debe ser un hijo enojado deUna perra!Él tormentoEdna'scoloque aparteen busca de algo. Es mi adivinación de que conoce los nombres de sus víctimas antes de que las mata."

Matt caminó hacia Sara y Jen con K-9 Perry, holaperro.

"Puedo'tCuéntete mucho sobre la investigación, pero no es seguro para ti aquí. Pagaremos por que se quedas en un hotel."

"Nosotros\?"

"La policía, Jen. Estoy con la policía. MattLando, Detective de homicidio de plomo."

"Homicidio\?"dijo Carl."Ha habido un homicidio\?"

"Sí."

"Jen sacó a Sara a un lado y susurró,"Allí'sUna bala Aquí, Sara. Póngalo en tu bolsillo."

Sara lo hizoSin pensar

***

Matt y Pickett volvieron a la oficina a la mañana siguiente para mirar la documentación en los casos, y hacer una visita a la morgue a las 10 a.m.

"Parece que se disparó en la cabeza, también"dijo Matt.

"Mira las fotos del Rey de Edna. Hay un collar de diamantes con seis diamantes faltantes."

"Maravilla, ¿cuál es la importancia del número\? ¿Ya están muertos\? ¿O están a punto de estar muerto\?"

"Creo que Sara y Jen están en esa lista."

"Yo también.También tenemos que ver el video de la tienda de joyas, y tal vez tendremos suerte de algunas impresiones. Esos deberían estar pronto en picota."Mirando su reloj Matt dijo,"Diezcasi ha llegado. Steve lo odia cuando llegamos tarde."

Tomaron el ascensor al sótano.

Caminando a la morgue, el sMall de bolas de polilla pesadas fuertementeen el aire, y en todo lo que incluye el pisoteníaEl olor a la muerte. Han golpeado una pared tan pronto como abrieron las puertas donde Steve esperaba.

"Primero para Edna King ..."Steve procedióLevantando la hoja."Ella fue golpeada en la parte posterior de la cabeza. Ella fue estrangulada con lo que sospecho era lo más cercano que tenía un cable, tal vez una tostadora como el cable todavía estaba alrededor de su cuello-Consultángulos considerables. Tiro.

"Ahora, a la mujer de 31 años. Ella ahora tiene un nombre, Kate Taylor, madre soltera de dos. El mismo tipo de hematomas, probablemente desde un cable de extensión telefónicaencontrado en el lado del cuerpo. DisparoEn la cabeza.

"Tendrás que notificar a continuación de Kin. AquísonTodos los informes completos."

"¿Qué hay de las impresiones\?"dijo Matt.

"Lo tengo aquí. No hay impresiones."

"¿Cómo es eso\?le\? Él ha estado en tres lugares tal vez cuatro."

"La foto muestra que las impresiones se han derretido de sus dedos, pero tal vez lo identificarán si podemos igualarlo directamente. Mierda. Tenemos que tomar este tipo, y todavía tenemos que ponerlo en la base de datos. YoDon'tMantenga mucho esperanza para eso,"Pickett rindido.

"Cuando Frank se vuelve a perder esto,él'sva atener que liberar una declaración a media, y'Ir a ir en serie,"Continuó Matt.

***

Fue un largo día revisando la evidencia,y persiguiendo cualquier tipo de plomo, y lo que se necesitaba ahora era una contabilidad detallada deSara'sVida, especialmente sus rutinas. Pensó que era mejor que la entrevistó a cabo en el balizo.

Tenía mucho peces abierto en su computadora portátil, y vio que Sara había respondidoespaldaa su perfil. Él escribió ...."Cuando nos conocimos, y rompiste tu zapato, me enamoré de ti. Debido a la investigación, y porque yopuedo'tEspera a verte, ¿dónde te quedas en el hotel\? Cenar fuera\?"

"Habitación 207."

¿Estás bien\?

"Sí, estamos manejando.Don'tSepa qué pasará a continuación. Puedo ver el lago Okanagan. Qué opinión"

"Estar allí en 10."

Él le desechó con 20 preguntas ...."Me gustaría saber qué hay que tienesAhorró en las últimas semanas. NEXt de kin\? ¿Con qué frecuencia vas a zapato\?¿Cuál's¿Tu plato favorito para comer\? ¿Hay hombres en tu vida\?sYo eso es)\?"Él besó su mano.

Sara estaba abrumado por el carbón. Ella insistió en que cenan en paz. ¿Qué tenía con los hombres de todos modos\?,La última pregunta no estaba relacionada con el caso. ¡Estaba interesado en si tenía una competencia!

"Sara, elReZapato desaparecidoen su armario y unDiamante.¿Son ellos tuyos\?SobreE de tus zapatos falta, y ..."

"Espera, ¿qué\?"

"Jen, tenía lo mismo en su armario. ¿Con quién conoces conjuntamente\?"

Sara'sLa cabeza estaba girando. Seguro, no estaba comiendo el pez esta vez.

"Mi zapato falta, ¡y hay un diamante\?"

"Sí, creemos que es parte de su signature. Sara, estás en peligroO está Jen. Dejé de Perry contigo durante la noche, y me estoy quedando la noche también. Por la mañana, te llevaré un perro de seguridad."Él le dio una mano un apretón."YoDon'tquiero perderte YVoy a asignar otroperro para JenY su familia. Ustedes dospuedo'tir a casa."

Lo que Matt quería decir, peropodía't,fueque él y piquetaLos videos de video de la joyería de rodillos y el zapato seman.Si él estuviera allí en tal vezShoe Haven fue uno de sus halentes favoritos. Todo Matt quería hacer es Shelter Sara de un hombreEso fue despiadado. Élefectivo pagado Lo siguiente que hacer fue para verificar videos de los bancos locales yUnaTM's. Ninguna mujer estaba segura, y Matt sabía que él hará una falta de nuevo,y pronto....

***

Matt habló con Frank, Sargento Detective, mientras se estaba preparando para una conferencia de prensa."Tenemos que dar a las mujeres de la ciudad una advertencia de que este hombre es mortal."

"Sí, y sabemos quéLa prensa lo llamará entonces,'El estrangulador de diamantes'". FrankCaminó hasta el micrófono fuera de la sede de la policía."Tenemos motivos para creer que hay un peligroso dependiente de las mujeres en la ciudad. Se arranca en casas y deja un zapato rojo y un diamante, y luego vuelve a ser más estranguloso. Dispararsellosmuerto. Mujeres, por favor, informa tales artículos en su armario a la policía de inmediato."

Había mumbral de la prensagallery ... zapatos ... pistola ... Diamante ... estrangulador.

"Preguntas ...\?"

"¿Qué está haciendo la policía para proteger a las mujeres\?"

"Nuestro primer deber es obtener el público al público. Una investigación está en marcha. Las líneas telefónicas estarán abiertas a las mujeres de nuestra ciudad."

"¿Hay alguna descripción\?"

"Hombre, aproximadamente5'7 ", cabello oscuro."

"¿Dónde está él obteniendo los zapatos rojos\?"

"Si sus zapatos rojos, señoras, también se pierden, también nos gustaría informarle que informará."

"...\?"

"...\?"

"Rama de diamante."

"Está todo en la declaración. Gracias."

Para Matt, estos detalles no pudieron salir al público lo suficientemente rápido. Minutos importados, y Matt y Pickett tenían seis bancos más para ir a ver unas y metros de tiempo, y 27UnaTM's.*SaRa, querido, Sara. LaEl perro está protegiendo. Está bien, está bien. Voy a ver con usted más tarde. Sé seguro mi querido.*

∗∗∗

A las 9 a.m. La mañana siguiente, Sara pasaba por sus bolsillos buscando sus llaves cuando sacó la bala. Ella había olvidado todo sobre eso. Jen golpeó en elpuerta, y el perro de seguridadtuvo sus oídosDe vuelta cuando Rara respondió.

Sentada en la mesa de la cocina en su habitación junto a una computadora portátil, Jen doró,"Las noticias estaban en su caso. Murieron una doble muerte de un disparo y estrangulamiento."

"Tanto\?"

"Gosh, quería asegurarme de que estuvieran muertos."

"Dos\? Un asesino serial\?"Sara abrió su mano y había la bala."Vamos a tener que decirle a Matt."

"Lo sé, pero he estado viendo a CSI, y hay que supongir que sea una seriaL Número aquí en algún lugar. Dejar's tiene una mirada más cercana."

Sara pasó la bala a Jen, y pasó por su bolso que busca su lupa."Toda mujer tiene uno allí, ¿verdad\?Lo encontró.Aquí Jen."

"Gracias a Dios por eso. La impresión sería realmente pequeña."

"LONO, ¿qué importa\? Eso'sla evidencia."

"No hayNúmero de serie en él, Sara. Dejar's Google th."

"¿Qué quieres decir\? No sabemos nada"

"Exactly. Google'Pistola intráctil'".

"Gunast Gun\?"

"¿Bullastas fantasmas\?"

"Un libertador fue la primera pistola de 3 d. Estados Unidos tiene algunos estados donde las pistolas fantasmas son legales. ¿Cómo tontan los armas a un propietario\?"

"Ellos no't, Jen. Las huellas dactilares\?"

"Oh, no,"Jen tuvo sus dedos en la bala.

"Tal vezél's¿Tratar de liberar a sus víctimas\? ¿Qué dice una pistola sobre su propietario\? ¿Tal vez tiene acceso a una impresora de 3 d\?"

Jen y Sara estaban sentados, hay silencio. BoMiró el otro y no lo hizo'T bebe beba de café despúes de que se vierte.

Jen habló primero, calentando ambas manos en su taza,"Él'smortal."

"Él planea cosas. ¿Qué vamos a hacer\?"

"¿Dónde obtendría las balas\?"

"Google \"

"¿Cómo construir una pistola de fantasma\?"

"Sí. Dejar'sUtubeeso."

"¡Dios mío, en realidad podemos construir instrucciones de paso a paso por video!"

***

Matt y pickett ARe revisionando videos de Jewelrytienda,y zapatos de Haven en la estación de policía a las 8:30 a.m. un domingo.

"¿Cuánto carpeta de video pedimos, pickett\?"

"Dossemanasvale la pena."

"Flowing faging."

Pon eljCinta de Ewelry en primer. Las descripciones de testigo dicenél'ssobre5'7 ", flaco y llevaba una máscara. Allí,él'sallí con un glock 21."

El video lo muestra hablando al director, señalando directorioNS fuera con el arma. Él no hace'tPor el efectivo, pero para los diamantes, aplastando algunos casos, y él toma el collar que encontraron en el Edn King CrimE escena Él empuja el empleado haciaLa parte posterior de la tienda, buscando la caja fuerte."Si alguien empuja el paniB botón BO, te mataré."

"Dejar's Vuelva dos semanassY avanzar, pickett."

"Configuraré el video para zapatos de Haven. Quiero ver si él apareceallí. Tal vez,NOSOTROS'llSucción afortunado"

"Allí.Él's5'7 "Y también es el tipo en el fondo de la ventana de la tienda, y nosotrospuedo'tDescartar el empleado tampoco."

"Bien,yot'sun comienzo"

"Dejar's Obtén ese tipo en la ventana soplado para que podamos verlo y sus hoyuelos."

Pickett mueve la cinta hacia adelante."Mira,él'sAtrás de nuevo la ventana con una vista clara de la THE."

"Él'sacecho."

"Tal vez. Mueva la cinta hacia adelante.Él'sSolo mirando, mirando cosas."

"Echa un vistazo al personal de Shoe Haven para cualquier novio."

"Lo tengo"

"Envíe la voz a la unidad de audio y todos los informes al perfilador."

***

Fuera deZapato ha hecho stOOD, mirando, esperando. Él no hizo'T cuidado para el hombre que poseía la tienda."Sí, sél'sComprar elderechoTacones, los Rojos en venta."*El rojo es mi color favorito, aunqueH tomaré esosmás tarde, pero cuando le había pedido al gerente de la tiendaa principios de, él solo tenía seis pares de los rojos, ton tws. Ella tiene grandes piernas,doesn'tella\\?Este será divertido.*

Él entró en la tienda y se puso de pie detrás de ella. El empleado solicitó su número de teléfono.

"250-555-0999. Sé mi amigo, Jill,Me gustará esto también."

Él ahora tenía su número de teléfono.

Él la siguió, por la calle a su automóvil, poniendo su máscara. Ellaabrió su puerta lateral de pasajeros; hE movió la pasta, agarrando su bolso en el asiento y corrió. Él dejó los zapatos. Es hora de saborearlos más tarde ...

***

Cuando llegó a casa, llamó a la policía y informó el incidente. Ella nunca mencionó tél zapatos rojos porque no estaban't robado. Comenzó a llamar a las compañías de tarjetas de crédito, y luego llamó a Jill y habló por teléfono durante más de dos horas. Ella puso los nuevos zapatos y un vestido de encaje rojo.

Él estaba mirando desde su auto. Él llamó su número."Jill me pidió que te llamara por una cita."

"¿A quién eres\?"

"Mi nombre es Jeff. ¿Quieres salir a tomar una copa\?"

"Claro, ¿por qué no\?"

"5 En la barra de borde el 9 °."

"Nos vemos allí."

Él la miró a las redes sociales. Encontró toda la información personal que necesitaría. Lo estudió durante las próximas horas.

***

Matt y Pickett tuvieron una reunión grupalde oficiales para pasar el día'S casos que aún no habían golpeado su escritorio y sobre la línea caliente. Después de las noticias, siempre había un destello de llamadas para manejar, y Matt le preguntó a su personal,"¿Cuántos casos nuevos\?"

Varios oficiales respondieron con el número.

Asesinatos\? Ninguna

Robos\? Dos

¿Los bancos de bolso\? Uno.

"Cuéntame sobre elúltimo."

"Mujer joven,30's, el 5 de la."

"¿Dónde en 5to\?"

"Cerca de la esquina de 5ª y Elm."

"¿Qué está cerca de allí\?"

"Algunos restaurantes y zapatos de madera"

"La dirección deLa mujer, y el número de teléfono, ahora!"

Matt y Pickett estaban fuera de la puerta y enael coche*rápido*.

Pickett siempre fue después de Matt sobre su actitud de bala con el personal, pero Matt estaba escuchando esta vez.

"Deberíamos darles más información, y luego sabrían."

"Sí, pero esta fue la primera información, Pickett recuerda eso."

"Pickett,wsombrero'sel nombre\? Géneate por teléfono y llámame."

"Hola, Melissa\? Esta es la policía ... ¿estás solo\? Sí. Quiero que tomes tu teléfono y caminé rápidamente,pero en silencio, a la al lado de la vecina'S lugar ... y permanece en esta línea. No hacercualquier ruido incluso para cerrar elpuerta. Puedes hacer eso\?"

"Sí ....¿Cuál'sesto\?"

"¿Es una casa o apartamento\?"

"Casa."

"¿Puedes hacer eso ahora mismo, Melissa\?"

Melissa miró por su ventana de sala de estar. Había un hombre en un automóvil sentado allí."¿Eres en ti\?"

"No, habrá dos nosotros."

"Melissa, tienes una puerta trasera\? Salga de la manera trasera. Mantenga el silencio en el teléfono hasta que vuelva a estar dentro."

"...."

Matt estaba en la radio,"Obtenga un coche sin marcar aquí. Hay un tipo estacionado en la calle frente a 345 Graves Street. Tire detrás del automóvil sin luces o sirenas. Obtener una licenciaplatoY una foto clara si puedes. Envía a dos mujeres, menos sospechoso. Y siéntate en él, en cualquier lugar donde va, te vayas."

"Matt,él'sido. Verá sobre los videos de la cámara."

"Melissa\? Melissa."

"Sí, estoy aquí"

"¿Estás dentro\?"

***

Matt está en el teléfono a Sara."Yo'M Lo siento. Yo he'tampoco estado en un momento en que sepa con la investigación de asesinato.

"Lo entiendo"

"Me gustaría hacerte con la cena con el balizo, y luego, podemos ir a caminar en el muelle\? Recogerustedesa las 7:00\?"

"Bien. Nos vemos entonces."

Matt y Pickett caminaron a la casa detrás de 345 tumbas y golpearon la puerta. Más de una taza de té, tenían una chat con Melissa.

"Entonces, ¿puedes seguir, Melissa, ¿qué hiciste hoy\?"

"Fue solo las compras habituales."

"¿Qué almacenes entraste y qué compraste\?"

"Fui por café, y luego compré algunos zapatos de baile rojo. Los tengo en cuenta ahora. Niza, ¿eh\? Tengo una cita con Jeff."

"¿Y quién es Jeff\? ¿Está nuevo\?"

"Sí, llamó y dijo que conocía a Jill."

"¿Jill dijo mencionado antes\?"

"Ven a pensar en él, no."

"Llamar a Jill. Ponlo en el teléfono con altavoz."

Melissa llegó a Jill y le preguntó a la pregunta de si conocía a Jeff.

"No, yoDon'tConoce a Jeff, Melissa."

Matt'steléfono yPickett'ssonó. Se movieron afuera para tomar la llamada. Fue una llamada de conferencia desde el perfiler.

"Tu chico es mayor, y le gusta jugar con sus víctimas en privado antes de que las mata.Él'ses probable que los sigan e incluso pídales que una fecha obtenga acceso alacasaes misupongo. No Entrada forzada. BLas víctimas de las obras tuvieron la comida en breve antes de morir. Hay más, pero pensé que esto fue más inmediato."

"Pickett, Jeff puede ser nuestro tipo."

"Melissa, ¿cuándo se supone que se enfrentará a Jeff\?"

"A las 5:00 p.m. en el barro de borde."

***

"Matt, no hay tiempo para undeclaración de testigo, y esya3:00 p.m. Ella lo encuentra en el bar en 5\?"

"Ella ya lo conoce o perdemos nuestra oportunidad."

"Derecha. Él sabe quién sélyos. NOSOTROSpuedo'tPonga un campana de ropa lisa."

Matt y Picket regresaron a la casa.

"MeliSSA. Estamos de vuelta. Te gustaría sentarme\?"

"¿Cuál's¿Estás pasando\?"

"Acabamos de evitar lo que podría haber sido una experiencia de muerte para ti, pero tenemos que preguntar siusarías un cable, y iré aFecha con Jeff."

"Un cable\?Tienes escogidomí."

"NOSOTROS'llTener oficiales de ropa liso en el restaurante en las mesas delante y detrás de usted."

"¿Es esto que con Sara\?"

"¿Cómo sabes Sara\?"

"Soy Mejor Amigo de Sara y Jen, y me contaban sobre él anoche. Difícilmente podría creert, el estrangulador de diamantes. Yo'veVisto las noticias."

"¿Lo harás\?"

"Yo no estoy seguro ... Él podría matarme ..."Melissa se estremeció.

"Al igual que una fecha regular. Solo pregúntese preguntas y parece estar interesada. Mantenga un ojo en el tiempo y dígale que vas a dormir aunaamigo'slugar."

Pickett salió a traer el cable para que Melissa lo desgaste.

"Además, necesitamos permiso para poner equipos de vigilancia en su habitación y ingresar a su casa; Signo aquí."

***

Fue 5, Melissa y LAW ENFORcentment llegó a la barra de borde.Enfoque JeffEdMelissa y se sentó. La iluminación era baja.

"Pareces un poco nervioso, Melissa."

"Siempre estoy cuando conoces a las nuevas personas."

"De acuerdo, deje'S ordena bebidas."

"Jeff, dime un poco de ti\?"

"Bueno, estoy principalmente por mi cuenta. Soy rico más allá de lo normal, y me gustan las mujeres en el30's."

"¿Por qué\?"

"Porque una vez estaba listo para arreglarse, pero me cogió por otro hombre."

"Eso debe tenerha sido dura"

"Sí, difícil de sacarla de mi avenga a pesar de que era hace meses. Eres mucho como ella, mi tipo.Ahora, es miturno. ¿Alguna vez conociste a alguien que te enamoraste de primera vista\?"

"No, no he detenido mucho."

"No hay novios en sus redes sociales, al menos."

Melissa respiró, respirando pero continuó.

"¿Cuál es su apellido, Jeff, para que pueda mirar tuperfil\?El turno de repente es un juego justo."

Una dama se acercó."Eres una linda pareja, una imagen tal vez\?"

"Claro, ¿por qué no\?Yo'llpagar,"dijo Melissa.

Jeff parecía sobresaltado,"Tal vez otro día."

"Solo uno de mí entonces."La mujer lo llevó en la foto, pero solo parte de su rostro."¿Por qué tan tímida de la cámara\?"

"SóloDon'tMe gusta eso."

Melissa podría ver que él estaba agitado.

"Dejar'S Hablar sobre nosotros,"Él dijo. Agarró su mano mientras trataba de sacarlo, pero él se mantuvo."Eres muy hermosa."

Melissa intentó mantener su compostura, pero dijo,"Algunos mueren un poco de tal compostura."Él se rió."Tienes un buen escote también."

Él se muevaD sobrea su lado de la mesa,Y puso sus manos alrededor de su cuello.

Ella trató de no saltar de su piel.

"¿Puedo venir a tu casa\? Tengo una pistola bastante grande en mi bolsillo."

Dos oficiales de policía entrenaron como amigos."HYo, Melissa."

"Estos son mis amigos, Jeff."

"¿Listo para ir\?"

"Claro estoy. Voy a su lugar esta noche."

"¡Oh!\?!"

"Fue un placer conocerte, Jeff,"Añadió Melissa,"¿Puedes cubrir la factura\?"

"Sí."

Ella se levantó y sacudió su mano.

El camarero se encontró y pidió una tarjeta bancaria. Él ponía efectivo sobre la mesa y ordenó más bebidas por sí mismo.

Una vez en el automóvil sin marcar, dijo Melissa,"Oh Dios, eso era demasiado real."

Matt y Pickett estaban en el asiento delantero. Pickett estaba conduciendo, y Matt dijo:"Gracias por tu ayuda AHORANOSOTROS'llLástete en algún lugar seguro."

Jeffpensado para sí mismoen la mesa. Sél's*Perfecto, BUNo es esta noche. Mañana ella'estaré en casa. Un montón de to Haz una belleza durmora. Solo bebe unos pocos.*

Se quedó hasta que el bar cerrado sin darme hE era ahora el que se observa.

***

Sara se encontró con Matt en el balizo para la cena. Matt tuvo algo de rosas, pero esta vez la presentó con una sola rosa.

"Gracias, ¿cómo va la investigación de asesinato\?"

"Tenemos un sospechoso, y eso es todo lo que puedo decir. ¿Hay una cama supletoria en tu habitación\?"

"¿Por qué necesitarías un extra\?cama\?Pensé que te gustaría compartir el mío,"Ella se ríe.

"Tu risa es infecciosa."

"Sí, uno tiene que tener un sentido del humor. YoDon't¿Supongamos que quieres comer el pescado\? Estáun pococomo usar los mismos calcetines viejos porque te gustan."

"¿Qué pasa con mis calcetines\? Ellos son problemas estándar."Él ruede sus piernas de los pantalones y muestra sus calcetines.

"Oh, yoDon'tTen la mente el pez."

"Los calcetines son extra."

"Pensé mucho. ¿Cuál es el cargo por sacarlos\?"

"Te diré al muelle. Susurrarla a tu oído."

"Entonces, ¿por qué la cama supletoria\?"

"Melissa necesita un lugar para quedarse. Entiendo que se conoce el uno al otro\?"

"Por qué, sí."

"Necesitamos salvar los gastos de la policía donde podemos."

"Oh, vaya a Matt. Hay más que eso. ¿Cuálda\?"

"Sí, tiene usted razón,Mi cariño"Él levanta su mano de la mesa y tibia y lo besa."Dejar's Vaya a caminar en el muelle mientras esperamos nuestra comida. La camarera vendrá y nos llevará cuando esté listo."

"Parece que haces esto a menudo. Aproximadamente, ¿cuándo tomas tus calcetines\?"

El sol estaba brillando y espumoso sobre el agua del lago donde una montaña está a la vista: la montañaen la distanciatiene dos colinasforma de una mujer's pechos. UnaViento suave sopladoSara'sCabello rojo hacia arriba y lejos de su rostro.

Matt tuvo su mano en ella, y luego la atrajo de un beso."Te amo, Sara. Mis calcetines son tuyos."

Ella abrazó y lo abrazó con un corazón cálido.

Él susurró,"Para ti no hay ningún cargo."

***

Sara, Jen y Melissa se sentó en las camas enSara'sLa habitación la mañana después de que Melissa se hubiera visto a la estrangadora de diamantes.

Sara y Jen dijeron en UNISen,"Sabemos que sabes algo, con eso."

"Así,él'sPelo alto, marrón y con un giro a su sonrisa que lo hace espeluznante. Teníamos bebidas."

"¿Fuiste a una cita\?"

"Sí, fue el oficial's idea"

"Por Dios's, el"dijo Sara,"Entonces, ¿qué pasó\?"

"Él me tocó. Casi salté de mi piel, y para ser honesto, nunca he salido de un asesino en serie antes de que lo conozco."

"¿Dónde estabas\?"

"El barra de borde"

Jen asintió."Necesitamos más información. Tendremos que ir al bar para conseguirlo."

Sara estuvo de acuerdo."¿Hay un recibo de tarjeta bancaria\? Huellas dactilares en un vaso\?"

Ambos miraron a Melissa,"¿Tienes algún dinero\? Vamos a tener que sobornar el camarero, y mientras estamos ahí tenemos una bebida."

Aholonaron sus recursos que ponen dinero en las camas.

"Sabemos a AboUT The Bhant Bullet,"Dijo Sara a Melissa.

"¿Qué\?"

***

Sara, Jen y Melissa se apartaron cerca del bar y ordenaron bebidas.

"Había un hombre aquí anoche con esta dama. ¿Qué sabes de él\?"preguntó Sara, poniendo dinero extra en el bar.

"No es necesario que el dinero, señora. Él ha estado aquí antes, y ha ido a una serie de mujeres. Él se quedó sintcerrado, y se fueCindy, Sél'sUn regular por aquí."

"¿Qué le puso la policía\?"preguntó Jen.

"Creo que ponen una cola en él. No mucho, se limpió su vaso, la mesa y silla limpia con una servilleta. Pagó en efectivo. Y luego la policía, algunos de ellos, se habían ido con esta dama."Señaló a Melissa.

El barten puso las noticias. Hubouna imagen de una mujer allí conla leyenda corriendo por la parte inferior de la página"... Esto es lo últimomuertoVíctima de la intrigante de diamantes\? ¿Conoces a esta mujer\?"

"Oh no,"Dicho a Barmander,"Eso'sCindy."

Melissa se volvió hacia la cara a Sara y Jen,"Podría haber sido*yo*."

***

De vuelta en la sede de la policía, Matt estaba yendo yendo."¿Qué quieres decir con que lo perdiste\? Esto es ahora en nosotros. Podríamos haber evitado su muerte."

Pickett estaba explicando para los hombres,"La cola lo perdió.Él'sbueno.Él atrapó rápido.Lo que hacemos es que ha tenido entrenamiento en esto. Los hombres saben lo que son las estacas."

"Tengo que explicar esto a Frank, y Frank no va a estar contento al respecto. Significa otra conferenciacon los medios y Frank no'Me gusta tener que informar la cadena de comando que perdimos uno en nuestro propio reloj."

Pickett agregado,"Tuvimos cuatro autos con él con estrecho contacto de radio. Dos autos eran paralelos, uno de regreso y nos llevó un tiempo tratando de conseguir un coche fuera delante. Él corrió hacia atrás: nosotrospodía'tObtenga el auto frente a él. Él conocía las calles laterales y tomó muchas alegres de espaldas. Siguieron el protocolo. Creemos que nos dificulta en un estacionamiento subterráneo."

"Maldita sea,"dijo Matt.

"La mierda es correcta,"dijo Pickett,"Odio más que cualquier cosa que diera a la familia una notificación de muerte."

"Véase sobre copes de video alrededor de su edificio y estacionamiento subterráneo. Tenemos que poner este tipo cerca de la escena del crimen."

***

Matt Met Sara, Jen y Melissa para un desayuno temprano en 7Soy la mañana siguiente. Él no hizo't Llame a la reunión. Lo hicieron.

El lugar hizo algunos buenos huevos y pastorantas y tafcuota. Matt cuestionó,"¿Qué es esto\?"

Jen se sentó incómodamente en una silla,"...Eso'sSobre la bala y el bar. Nos gustaría compartir información. Comienzas"

"Se apagó anoche."

"Se fue a Cindy."

"¿Cómo lo sabes\?"

"Todos compramos bebidas del barman en el borde, dijo Sara.

"Enviaré un piquete para ver el camarero."

"Y ahora a la bala,"dijo Jen con Sara con su mano.

"Tenemos una bala,"dijo Jen.

"¿Qué bala\? ¿Contestaste evidencia\?"

"El que cavé de mi marco de puerta cuando Jeff me disparó."Mira, no tiene número de serie. Nosotros, yo y Sara lo investigaron, una bala fantasma."Jen le entregó la bala pasándola a lo largo de la mesa."No lo hice'TO decir mía. Lo di a Sara. Demasiado shock."

"Sé que la mató,"Bluvered Melissa.

"¿Qué\?"

"Él me tocó. Cuando toco a las personas o cosas que obtengas imágenes como una película por un tiempo."Melissa'slos ojos estaban claros.

"NOSOTROSpuedo'tUse eso como evidencia, y usted sabe que ustedes dos podrían cobrar. Tendré que ejecutar esto por Frank subida. EsHay algo ahora que no'tsaber\?"

"-Sí, hay,"dijo Sara."Él frecuentemente el bar."

***

Después de que Matt saliera del restaurante, Sara, Jen y Melissa se quedaban atrás.

Melissa dijo:"Podría haberlo dicho más, Sara."

"¿Qué quieres decir\?"

"Obtengo una película en mi cabeza, Jen.Un poco¿Al hacer cuando vuelvas a un evento en tu mente y juegue hacia adelante\?"

"¿Cómo lo haces\?"

"Comenzó en la universidad. Estudié duro con un diccionario. Aprender qué palabras no sabía, pude ver el libro de texto y voltear las páginas mientras hace el examen. Luego se hizo un turno cuando el maestro me tocó, y aprendí que pensaba que estaba engañando, pero élpodía'tDemostrarlo No lo hice't."

"Que'suna memoria fotográfica,"dijo Sara.

"Eso'smás. Cuando toco a alguien que pueda caminar en sus zapatos por un momento. Tuve dificultades para volverse a encenderlo."

"YoCreo que es terrible. Ellos no hicieron'Tome el bastardo,"dijo Sara."¿Qué crees que Jen\?"

"Necesitamos rastrearlo. ¿Puedes volverlo, melissa\?"

"Ya sabes, esos rastreadores puedes get en el Gremlin de alta tecnología'STech Techel 10,"dijo Jen.

"Claro, deje'S Google en mi teléfono. Aquí. El precio es de $ 49.00 / mes, cancelar cualquier momento yyot'sBueno para un largo alcance y tiene una característica de lectura de 60 minutos,"dijo Sara."El problema es que tendremos que perturbarlo."

"Gremlin's,Aquí venimos. Gracias a Dios por las compras, para un pegamento loco y para algunos imanes de servicio pesado. ¿Sabes que esto es ilegal\?"

Miluto silencio

Luego agregó Jen,"Ellos nos rastrean todo el tiempo con cookies. Imagina que, algo que disfrutaríamos de comer. Pruebe las cámaras en cada esquina y quién sabe qué más."

"YoDon'tSé si puedo volver a encenderlo. Él me asusta. ¿El dispositivo accesible por teléfono\?"

"Sí. Dice que tiene una lista de respondedores de emergencia. Tal vez deberíamos poner a Matt y Pickett allí\?"preguntó Jen.

"Le preguntaré a Matt paraPickett'sNúmero de células. Ya tengo su."

***

Matt regresó a la estación de policía que revisaba todas las pruebas que entran.

"Encontramos algo."

"¿Qué\? Un cabello\? ¿Has encontrado lotes, pickett\?"

"Algo más jugoso."

"De acuerdo, ¿qué\?"

"ADN Saliva."

Matt se alejó en su silla.

"Eso'shombre."

"¿Tuviste la oportunidad de ejecutarlo a través de la base de datos\?"

"Sí, todavía procesando."

"Pickett ¿Qué más tenemos\?"

"Un dedoNail que no tiene polaco de uñas en él. Espero que las uñas el ataúd cierran en él."

"Derecha. Y\?"

"NothiNG todavía en el automóvilHe cero a ceroLos oficiales en ese uno."

"Gracias. ¿Qué haría sin ti\?"

"Crap, yoDon'tkahora. Por cierto, feliz cumpleaños!"Pickett tira de una pastel de taza fuera de su cajón de oficina y lo colocaMatt'sEscritorio y luce una vela."Nunca dijeron que este trabajo iba a ser fácil."

"¿Puedes cortar la mierda\?"

Ambos se rieron.

"Nadie dijo que éramos demasiado grasos para comer tortas de taza tampoco\? ¿Verdad\? Matt miró a su alrededor a sus compañeros oficiales."Todo va en el centro, ¿picota de derecha\?"

Pickett recogió el teléfono."Encontraron el auto\? Grandes. En un aparcamiento\? No, ¿dónde\? ¿Justo afuera\?"

"Él'sNostiendo a nosotros. Hemos pasado horas buscando a ese coche. ¿Qué inteligente policía lo encontró\? Promover el bastardo. Darle una taza de taza gratisE, PIckett. Mi turno para decir mierda."

"Otro cuerpo muerto dentroel coche, Doble Crap."

***

Sara dijo:"NOSOTROS'¡Reporta un equipo!"

"Sí."

"Sí."

"Melissa\? ¿De qué se debe volver su dinero de regreso\?"

"Jen, déjame tocarte. Yo realmenteDon'tsé. Acabo de pasar más tiempo que lo convirtiera."

Jen dio a Melissa sus manos.

"Es un poco como espía, Sara y siempre me siento culpable por eso. Es como siéntete en una habitación escuchando campanas de viento. Me gustan así que digo al universo en mi mente lo maravilloso que son, y luego hay este informe de innumerabilidad que sale de la nada. Solo una vez que tengoesoConfirmado, lo que sentí, cuando una mujer vino a mi puerta molesta porque su vecino quería que las chimenitas fueran retiradas. Ella llamó a mi puerta real y lo dijo."

"Ahora eso es profundo,Don't¿Crees que Jen\?"

"Sí."

"Espeluznante,"Jen dijo.

"Jen, ha estado realmente preocupado por su familia, y sobre la bala. Ayer yout movió sobre el apartamento de nuevo y. Bebé Kevin\?Él'sllorando. Mudarse a la que veo que ha sido encontrado por Jeff. Él sabeestás en el aquí.Puedo verlo."

"Oh, mi Dios. Sara\?"

"¿Qué hay de mí\?"

Melissa tocó Sara."Oh, no, lo veo te estrangular."

"Debemos hacer algo,"Dijo Sara, sintiendo una extraña sensación en su cuello.

Jen preguntó,"¿Trabaja solo con personas o objetos\?"

"¿Qué hay de los cuerpos muertos\?"

"Nunca he probado en una persona muerta antes."

"Tenemos que ir a la morgue,"dijo Sara,"Para saberlo!"

***

Matt y Pickett están mirando por encima del cuerpo muerto en la parte delantera del automóvil fuera de la estación de policía.

"Este es un cambio en Mo,"dijo Matt.

"De acuerdo."

"Hay el zapato rojo."

"Y hay una nota,"dijo Pickett, leyendo en voz alta,"Entonces crees que puedes atraparme. Alguien cerca de ti morirá."

"Sara\? Jen\? Mi madre\?"dijo Matt.

"Parece,NOSOTROS'D Cumpleaños mejor cuyas bases enfamilia....Este bastardo está mirando incluso ahora."

"Pickett, cuéntale a los demás todo. Hay insuficienteNCE en el vehículo, pero el auto's llay maket no coincide."

"Esto significa que hay potenTially dos escenas de asesinato. Enviar un equipo¿En este momento\?"

"Sí, y envíe detalles para cubrir nuestra familiaIES en la ciudad. Parece que no hace'T KPEE EL MEJO VEHÍC por lo tanto,NOSOTROS'llTambién tenga que salir a los autos robados."

"Es un tiro largo, pero la patrulla debe ser conscienteél'sllevando una pistola cargada."

***

"Distraelo, Jen. Tenemos que obtener Melissa en la morgue,"dijo Sara.

"Quiero puke,"dijo Melissa,"El olor es horrible. Bolas de naftalinaDon'tComience a cubrirlo. El olor está sobrecargando."

Jen se acercó a la recepción en la morgue y lloró a la única persona que había caído de sus zapatos de tacón alto. Sara y Jen se escondieron a la vuelta de la esquina y esperé.

"Lo siento mucho,Yopuedo'tCamina muy bien. ¿Me puedes mostrar a primera ayuda\?"

"Él cumplió. Wow,"susurró a Melissa.

"Bueno. Entra en."

Sara y Melissa Ingrese la habitación donde dos cuerpos están en mesas separadas.

"YoDon'tsaber qué, unotocar, y yoDon'tMe gusta esto."

"Solo toca uno."

Melissa justocerró los ojos y tocó unacuerpo."Sí,él'sSintiendo una sensación de satisfacción mórbida. Esto es Cindy. Sél'sMuy frío Todavía puedo verlo en el barro de la ventaja. Hay una película, y luego va oscura."

"Ahora, el siguiente."

Melissa abrió los ojos,"Este cuerpo todavía está caliente.Él'sRiendo, y también hay definitivamente otro cuerpo. A él le gusta lo que hace. A él le gusta."

"¿Puedes procesar dos de vez en cuando\?"

"Estoy abrumado. Es demasiado. Demasiadas fotos."

"De acuerdo, solo intenta tomarlo más rápido."

"Yopuedo't. Tengo que cállate."

"Tal vezMás tarde puedes soportarlo. Dejar's Salga de aquí."

***

Matt y Pickett estaban mirando a través de nuevas pruebas.

Matt suspiró y tomó un sorbo de su café,"La saliva\?"

"Lachico esNuestro sistema, Joe Wright.Su foto no coincide con Jeff deEl bar Wright tiene una hoja de rap para todo lo que incluye el robo."

"Todavía tenemos quechequeEn él Y el dedouñas\?"

"Podría ser Jeff's. Todavía no identificado, pero masculino."

"Necesitamos un boceto de este Jeff. Tenemos que obtener una tracción en estos casos. Ha habido demasiados asesinatos."

"Matt, más detectives y otros recursos están en camino. Comprobado con Frank esta mañana, y lo ha autorizado."

Matt sabía que estaba enfrentando mucha presión para encontrar a este tipo, y Pickett siempre estaba allí para que la espalda.

"Obtenga Melissa y Jen aquí para ver los artistas de dibujo. Trae a Sara también. ¿Tenemos sus huellas dactilares también\? Ayudaría a gobernarlos de los casos."

***

Sara, Jen y Melissa llegaron a la estación de policía.

Mientras entren, Pickett respondió alguna pregunta sobre una nota,"Partes de huellas digitales."

Sara susurró a Jen y Melissa,"Melissa, puedes averiguar qué saben. Puedes tocarlos\?"

Melissa asintió. Se burló de dos aprepritantes separados que los sostiene por unos pocos minutos adicionales después de usar el desinfectante de la mano en el escritorio. Se le mostró al artista boceto y se movió por el pasillo a la primera puerta a la derecha.

Matt se volvió hacia Jen,"¿Viste quién despidió la bala\?"

"Sí, pero solo por unos minutos."

Pickett le mostró a la segunda habitación a la derecha.

Jen cumplió.

Entonces Sara quedó allí con Matt."¿Cómo te sientes\?"

"Bueno, nosotrospuedo'tVe a casaÉl'ssuelto allí, y yopuedo'tsacudir la sensación que sabeDonde estamos."

"Lo entiendo"

"Lo era lo suficientemente audaz para estar en mi casa conmigo."

"¿Tienes cables\?"

"Sí, y hay muchas pruebas para procesar. Todo toma tiempo. Sara, dijo que tomaba sus manos en su,"Entiendo que ha sido difícil de tratar, pero tengo un pequeño regalo para ti y a las otras damas."

"¿Qué es\?"

"¿En el camino\?"hE Reblogar un beso.

Pickett regresó y Sara se sonrojó."¿Puedo venir también\?"

"Recogerte a 7-ish\?"

"Seguro,"Ella sonrió.

Pickett chimed."Qué hombre afortunado eres. Sara, vienen conmigo. Puedes quedarme en nuestro salón con una revista moderna. Tus amigos serán un tiempo."

Una hora más o menos tarde, Sara levantó la vista y a través de la ventana donde se putre a Matt y Pickett. Matt la agitó. Pickett le entregó los bocetos. Él les mostró a las tres mujeres.

Jen dijo:"Melissa'ses el mejor.Eso'sél."

Y luego Sara en una voz molesta,"Que'sél! Él estaba en el complejo anoche. Estaba fuera de la habitación. Fui a hacer hielo con el perro en remolque.Que'sél enMelissa'simagen."

"Pickett, obtén estas imágenes a Frank. Él tiene que hacer un anuncio a la prensa. Síguelo con un APB."

"Tenemos dos opciones con respecto a estas mujeres y su seguridad: uno, déjalos donde están con guardias adicionales fuera de sus habitaciones, o los mueven a una ubicación más segura,"dijo Pickett,"Tu llamada, Matt."

*****

De vuelta en el complejo, Jen fue a recoger sus cosas y ponerlo en una maleta. Su esposo había dejado una nota escrita sobre la mesa,"Kevin y yoestán en el parque con elperro."

Junto a eso fue anotioR Nota en la mano que escriba ella no hizo't reconocer, y leído,"Dale al diamante y el zapato rojo a Melissa. Está en tu armario."

Jen gritó, y corrió al lado deSara's.Ella engendró marcando 911.

Matt y Pickett llegaronEn el complejo 10 minutos más tarde.

"Él'sProbablemente mirando desde donde\?"

Matt dijo:"Yo sugieromudamos a las mujeres porHelia nuestro seconD Ubicación. Sara dijo que no hicieron't Toque cualquier cosa."

"Desde que estuvo aquí, y tenemos el tiempo de las 8:00 p.m.,Yo'llverifica video,"dijo Pickett.

Melissa y Jen estaban sentados allí enSara'shabitación. Sara acarició al perro. Él proporcionó un poco de confort.

"Estás bien\?"preguntó Matt.

"Sí,"dijo Melissa"Los otros están en la agitación."

"Ambos haremos los arreglosPara una nueva ubicación."

Melissa SAT On La cama con sus ojos en el perro. Había sido un día muy ocupado a la morgue, al artista boceto y ahora esto. Ella quería llorar, peropodía't. Fue una sensación muy extraña.*¿Por qué debo decirles mi regalo\? YoDon'tquiero ver estas cosas.*Ella lo cerró en su cabeza.

***

"El teléfono linES sonva aRing ahora, Pickett.Matt se sentó en su escritorio y se mueve en algunos apio."Aparentemente, comer apio me hace más atractivo para el sexo opuesto."

Pickett se rió."Frank hizo un excelente trabajo con los medios. El papel impreso la página delantera de la imagen con un gran encabezado,"El estrangulador de diamantes. Las redes sociales están zumbando."

El teléfono, una mujer's voz ..."Hola\? Detective Pickett aquí.¿Cuál's¿Se ve\?"

"Como el chico en tu foto. Él se sumergió en un auto azul."

"¿Número de placa de l"

Pickett entregó el número a Matet que miró en la base de datos."Eso'sUn auto robado. Informado ayer. Podría ser él."

"249 Cherry Street.Que'sMi dirección Él entró a la casa al lado. Mi nombre es Carol."

"¿Puedes esperar a salir de nosotros\? Estar allí en 10 minutos."

Pickett miró a Matt,"¿Hay un rastreador de automóviles en el tronco\? Tomaremos uno o dos autos\?"

"Dos."

***

Sara, Jen y Melissa se establecieron en su nueva ubicación en toda la ciudad y no muy lejos del aeropuerto. El helicoptEr Ride los llevó a la ciudad'S Alls edificios y calles.

"OK, Melissa. Jen y yo nos gustaría saber lo que descubriste."

Jen asintió y se inclinó hacia adelante.Melissa estaba llorando."Bueno, las dos mujeres en la morgue lo vieron hasta el último minuto. Él los inmovilizó con cuerda en sus manos y pies. Cuando estaba tirando de la cuerda fuera de su chaqueta, dejó caer un driver's licencia sobre la alfombra. Yolo miró, pero no recibióTodos los números. Los números enEl medio tenía 3654. Los licenciasE parece que no es local. Yopuedo'tObtenga más que eso."

Sara y Jen intentaron consolarla.

Sara dijoen voz baja,"¿Cuál¿es\?"

"Los miro a morir,"Melissa Sobbed."La impresión en el nombre es pequeña. Jeff Bro-."

"Eso'sDe acuerdo, Melissa. Gracias, usted. ¿Tendremos que Matt lo ejecute a través de la computadora diciéndole una historia\? ¿Qué nos compensaremos\?ganó'tSara\?"

***

Matt y Pickett fueron a verificar la ventaja enCarol'slugar que también estaba en elMarpoleárea.

Ella los conoció en su puerta de entrada, y comenzó a describir con más detalle al hombre que vio."Pelo castaño. Ojos beady Grabado mal. Verdaderamente."

"¿Qué tan lejos estabas\?"preguntó Matt.

"Oh, tal vez 30 pies."

Tanto Matt como pickett apenas podían controlar su risa.

"¿Y usaste vasos\?"

"No, no lo hice'T Tales los encendidos."Señaló hacia la casa de la puerta.

Fueron a la puerta de entrada y golpearon,"La Policía."

Era un poco desengrase que no sabía lo que pasaría después y estará preparado para cualquier cosa.

La puerta se abrió y una mujer estaba parada en la puerta."¿Qué puedo hacer por ti\?"

"Solo estamos haciendo una verificación de seguridad. ¿Puedes salir a punto de poder hablar\?"dijo Matt.

"¿Hay alguien más aquí\?"

"Ninguno de sus negocios, pero trajo a un hombre a casa del bar anoche."

"¿Puedes venir y sobresalir aquí mientras hablamos con él\?"

"Seguro.¿Cuál'ssu nombre\?"

"InfiernoNo digo'T conocer ...Creo que piensoyot'sDarren."

"Solo queremos tener un chat con él."

"Darren\? ¿Puedes salir en el exterior, por favor\?"

"Darren, ¿qué auto condució\?"

"Ese."

"Dejar'S caminar allí."

"¿Es este tu auto\?"

"Bueno, no."

"¿De quién es el auto\?"

"OkaY, lo robé, pero el tipo no hizo'lo necesita"Miró el suelo.

"¿Qué tipo\?"

"Jeff,Los robo por él."

"¿Cómo se ve Jeff\? Así,\?"Matt sacó una fotocopia del boceto.

"Sí,que'sél."

"¿Estaría dispuesto a hablar con nosotros en la estación acerca de Jeff\?"

"Seguro, peroél'sun cliente Yoganó'tDale la información de forma gratuita."

"Podemos hablar de eso cuando llegamos allí."Matt puso a Darren en elDe vuelta al crucero de la policía.

Pickett radio."Sí, casi aquí, Matt."

"Pickett, DID Dé que le das el primer grado sobre T¿Asesinador serial\? Y una foto\?"

"Seguro. Código 21."(En charla de policía que significaba"tonto como frijoles").Pickett saltó a su automóvil.

***

En la interrogación"B"Matt se sentó a través de Darren. Pickett estaba mirando desde detrás de vidrio.

"Darren, ¿puedo ofrecerte una bebida\?"

"Sí, algunas de las cosas duras."No ... Creo quepuedo'tOfrece eso."Darren lo estaba mirando.

"Puedes irte en cualquier momento, pero quiero que me oyes. ¿Vale\?"

Darren miró las manos en la mesa de acero. Él asintió."Sí, ¿vas a arrestarme\? Esposas\?"

"No, estoy interesado en otro asunto. ¿Qué sabes sobre este Jeff\?"

"Oh, quieres decir cara cara."

"Sí."

"¿Es él el tipo en la fotocopia que te mostré\? ¿ÚNICO\?"

"Sí, tiene dinero y mucho. Me compuse a los automóviles con mucho regular."

"¿Tienes un lugar estándar donde recae los autos\?"

"¿Por qué te diré\?"

"Nos gustaría su ayuda."

"¿Crees que podrías hacernos saber cuándo te llama y dónde\?él's¿Te va a conocer\?"

"¿Cuál's¿Para mí\? Él podría matarme."

"Protección de testigos y nuevos ID,Darren, las mujeres están muriendo."

Había una larga pausa. Matt podría ver que tendría que esperar una respuesta.

"¿Algún dinero\?"

"También obtendrías algo de ayuda allí, incluidaIngOtro trabajo si lo quieres."

"No quiero mujeres en mi conciencia. Un asesino serial\?"

"Sí, la policía no ha visto nada como esto.Él'sNo ir a parar. Sus objetivos han sido mujeres; Sentimos que la mujer que fechó anoche podría haber sido uno de ellos."

"Él me llama cada pocos días últimamente."

"¿Te dio un número para llamar\?"

"No. Siempre fue desconocido más llamado."

"¿Podría ser este trato de ganar / ganar\? Se dará cuenta de que podría ser el siguiente cuando no tiene más uso para usted. Lo has visto."

Darren se sentó en posición vertical."Sí ... tratar."

"Luego, la custodia protectora comenzará ahora."

***

Matt recogió a Sara por su cena romántica después de esa noche en el balizo. Él había llamado a su gerente a preguntarR AS SISTANZA EN COMPRchocolates. Hizo un chat pequeño con Sara en el automóvil y luego la sábal en una silla de madera adornada.

"Sé que no vamos a tener peces en tus calcetines uniformados esta noche. Matt."

"Te ves rastrando."

"LOL!"

"Sí, esperaba hacerme tu mente de las cosas, pero allíes un ascensor para discutir,"dijo Matt."Dejar's Como primero."Él besó su mano y miró a esos blues.

La comida pasó rápidamente. Mayormente, con lo que Sara quería en una relación. Matt estaba escuchando. Él ya sabía mucho sobre ella. Sin registro penal, y que ella manejósu propioNegocio de marketing digital

"¿Estás un poco preocupado, Matt\?"Ella puso la horquilla.

"Sí. Hay la pequeña cuestión de la morgue."

Sara hizo un respirable profundo en,Y tuvo algo de agua para lavarlo.

"El asunto es algo serio-La manipulación de evidencia. Te tenemos tres en video. El Mortician se mortificó."

"Pero-"

"Pero, ¿qué\? ¿Por qué estabas mujeres allí, Sara. Melissa estaba tocando a los cuerpos muertos. ¿Qué demonios\?"

"Melissa tiene un regalo."

"Estás bromeando, ¿verdad\?"

"No, yo'No, no."Sara cerró sus brazos sobre su pecho.

"Dime. UstedesDon'tCree en este mutubo psíquico Jumbo."

"Eso'sNo es así!"Sara tenía lágrimas que se acercan. Ella comenzó a llorar."Si vas a vernos a mí mismo, solo me llevo y abandoné a los demás."

"Sara, no voy a presionar cargos; Solo dime que estabas haciendo allí."

"Melissa tiene una memoria fotográfica; Eso es lo que se ayudó con el boceto."

"Bien. Respirar ahora. Respiración profunda"

"Cuando toca gente, ve y escucha una película."

"¿Y qué tiene esto que ver con los cuerpos muertos\?"

"Todo! Pensamos que podríamos ayudarlo con evidencia. Encontramos algo o Melissa."

"Entonces, ¿pensaste que podrías resolver los casos\?"

"Esto es peligroso, Sara."

"Los números fueron 3654."

"Nunca debes ir cerca de este tipo. YoDon'tquiero perderte Te amo, Sara. Por favor diga queganó't."

"¿Verificará los números\? Melissa piensa que es de ID. Tendrás que hablar con Melissa sobre lo que vio."

"De acuerdo, Sara, pero yoDon'tMantenga mucho esperanza para eso. Has roto la cadena de evidencia. Necesitaremos su ADN y huellas dactilares. ¿Qué hizo Melissa toque\?"

"Solo dos brazos."

"Que unos\?"

"El correctos."

"Mañana, y los otros entrarán en la oficina y recetraronIvo una reprimenda de popa. Ahora, deje's Disfruta el resto de nuestra noche. Recuerda,Te prometí un regalo para cada uno de ustedes\?"

"Sí."

Sacó una pequeña caja y le dio a Sara. En el interior era un collar en forma de corazón. Lo puso alrededor del cuello, y luego el gerente vino con rosas rojas de 12 stemmedy chocolates.

"Eso'shermosa. Son hermosos."

Luego le dio un beso muy largo.

***

Matt y Frank están en Frank'S Office con Sara, Jen y Melissa en la última tarde.

"Matt me dice que has estado sin juzgar con la ley. También me dice que ha dado algunos números que pueden o no relacionarse con la investigación de asesinato a través de un hocus-Pocus."

"Sí, señor,"dijo Matt.

"Debido a esto, y porque ahora tenemos que ejecutar los números, ¿hay alguna información adicional que usted es el deseo público de dar\?"

"Sí, may Bure un california del estado's licencia,"dijo Melissa.

"Gracias, usted. AHORA,A la otra cosa, a la que podemos atendir a las acciones, todos los que cobran, pero Matt dice que acordó mantenerse claro de esta cuestión de policía. Manténgase alejado de este Jeff\?"

"Sí,"dijo Sara.

"Todos ustedes se colocarán en una celda de sujeción durante 24 horas al menos y recibir alimentos y agua. Legalmente, podemos contenerlo durante 24 años. Sugiero que guardes tu palabra en el futuro porque no seré tan educado la próxima vez que estés aquí en mi oficina. Matt,huellas digitales y obtenga su ADN, por supuesto con su consentimiento.Matt,Los escoltaron de la oficina y, después del procesamiento, los puso en una celda de holding y se cerró la puerta."

PICETKTT lo desmontó en el pasillo."Darren recibió una llamada de Jeff. Ayer, me doy a Darren hasta el loto de la Mociedad, y Darren elegía un automóvil que le gustaría Jeff. Darren dice que tiene una hora para entregar."

Picketty Matt se llama a Frank'Office,"He estado revisando los archivos de casos, y tienes un Sr. Wright aquí con ADN Saliva encontró en la escena de uno de los asesinatos."

"Él parece haber estado allí,"dijo Matt.

"Nosotros hemos'T Yo miró eso todavía, señor."

"Por qué no\? Actúa en eso La presión está montando para encontrar a este tipo. Ha habido themE asesinatos hasta ahora. El alcalde no es'T feliz Esto debería ser un caso abierto y cerrado. Trae al Sr. Wright."

"En él,Sir,"dijo Matt, y salir de la puerta que fueron.

Frank gritó despés de ellos,"Resultados, caballeros."

Como Matt pasó por su escritorio en el camino hacia el auto, había una notaEn su escritorio. La nota dijoDarren estaba en el vestíbulo.

Pickett sacó algunas llaves de su auto de su bolsillo y los sacudió,"Llaves paraunAuto Darren conducirá a la reunión Jeff."

Darren llegó aPickett'sescritorio,"Una pregunta o tal vez dos, Darren.¿Alguna vez has estado en el borde de la barra\?"

"¿Cómo sabías\? Voy a entregar a Jeff cerca de allí esta vez."

"¿Qué instrucciones te dio Jeff\?"

"Le di otros autos a Jeff. Él sale del automóvil antes de donde entro al siguiente auto. Él pone el dinero en el último auto, y puse el keys. YoDon'tIncluso lo ve en absoluto.A veces entra en elBar y sentarse allí. Lo vi un par de veces, así que sé quiénél yos."

"¿Qué haces con los autos que regresa a ti\?"preguntó Matt.

"Tengo mi propio loto."

"¿Tenemos un rastreador en el coche, pickett\?"

Pickett sonriente,"Sí, todos estamos establecidos."

Matt se convierte en la habitación de sus compañeros oficiales,"Darren's deta de protección del solSíguenlo. Necesito dos oficiales que sigan y rastrean al tipo que se encuentra en el automóvil que Darren conducirá. Solo pista. Usted sabe el taladro."

"Darren, necesitamos la dirección del lote. Algunos de esos vehículos están involucrados en una escena del crimen."

Darren acordó a regañadientes,"Protección plena, ¿verdad\?"

Mattllamado Darren's detativa protectora,"Sigue a Darren y si se disparan disparos, protéjalo. Después de eso,Llévalo al lote y lo que él señaló qué autos Jeff condujeron. Obtenga forenses out. La cantidad de ti se dirigen al área del barro de borde."

"Aren'¿Vas a venir\?"preguntó a Darren nerviosamente.

"No, estás en buenas manos."

"Buena suerte y caza feliz, niños. Mantenerme o pickett publicado en la radio."

***

Matt y Pickett se enteraron en su obraCartón marcado y condujo a Wright'S House. Llegan a la puerta e identificarse a sí mismos, y la puerta se abre.

"¿Eres el Sr. Wright\?"

"Sí."

"Soy mate y esto es pickett. Somos del homicidio. Nada sobre su familia, pero nos gustaría hacerle algunas preguntas. ¿Te importaría venir a la estación\?"

"Seguro,wsombrero's¿Delo\?"

"Esperaremos cuando llegamos,"dijo Pickett.

"No estás bajo arresto, Sr. Wright, y te traeremos homdespués después. Podemos verte tienesUna jovencita desnuda atada en la sala de estar."

"Oh, sí. Estaré bien una vez que estoy fuera de estos nudos. Yo realmenteDon'tMente, ya sea bastante risa."

Pickett la desató. Ella se puso ropa."Pensamos, joven, deberías venir, también,"dijo Matt.

"Yo'llSolo consigue mi bolso."

***

En la interrogación"B"Pickett se sienta con el Sr. Wright. Matt relova a través de un espejo de una sola vía. Frank se suina a él.

"Ahora, tenemos que mostrarle algunas escenas que son muy gráficas. Las mujeres están muertas, y tenemos que preguntarte cómo está conectado con estos casos."Pickett saca las diversas fotos y las colocas delante del Sr. Wright. Cada mujer estrangulada alrededor del cuello; Cada una con una bala en el cráneo.

"Conectado\?"

"ParaceTu ADN Saliva está en uno de esoscuerpos. Te das cuenta, Sr. Wright Esto es muy serio. Su ADN se encontró en una escena del crimen."

El Sr. Wright estaba visiblemente sacudido, pero no respondió.

"Usted se dale cuenta del Sr. Wright Esto es lo que llamamos un caso abierto y cerrado. Tenemos la evidencia de ADN, y podemos cobrarle con al menos un delito, y podemos hacer eso ahora."

El Sr. Wright estaba arruinando sus manos, pero permaneció en silencio.

"La saliva es tuya, Sr. Wright. ¿Cómo llegó allí\?"

Él negó con la cabeza y dijo:"No te estoy dando una cosa."

Pickett estudió al Sr. Wright. Él era delgado y cabello castaño. Edad 52. Sus ojos se apartaron a la izquierda. Él probó más,"Tu sabes siDon'tDi algo en tu defensa debido a la evidencia, ¿haré mañana a los DA para los cargos formales\?"

El Sr. Wright parpadeó y se sentó en su silla,"Quiero un abogado"

"Es tu derecho, señor.Tu saliva estaba en una mujer muerta'S cuerpo ¿Conoces a esta mujer\?"Pickett señala la imagen y empuja hacia adelante.

Sr. Wright's La cara se enroscó, pero nunca dijo otra palabra. En esposas,Un oficial lo llevó a sostener.

***

A continuación, la joven era traída en la habitación de interrogación"B".

Solo algunas preguntas, ¿señorita\?"

"Julio."

"Te traemos aquí para verificar tu seguridad. Cuantos años tienes\?"

"19,"Ella sonrió.

"¿Qué tan bien sabes el Sr. Wright\?"

"Nos acercamos al borde de un borde de unas vistas, y he estado saliendo.Él'sMuy conjuntos, sí ..."

"¿Cómo así\?"

"YoDon'tQuiero decir, excepto que me agote y luego sabe mi cuerpo."

"¿Conoces a este hombre\?"Pickett pone frente a su foto de Jeff.

"Sí, a veces mira."

"De acuerdo, señorita julio. Le aconsejamos que diriges el Sr. Wright y este Jeff hasta que el homicidio ordena el asunto.

"A Jeff le gusta poner balas en mi cuerpo y rodarlos."

Pickett dispuesto las imágenes de homicidio."¿Conoces alguna de estas mujeres\?"

"Sí, eso es Cindy del bar! Sél's... muerto\?"

"Sí."

"Oh, no, el estrangulador de diamantes\?"

"Deberías ir'Ve a casa ahora. Creemos que deberías quedarte en un hotel por unos días. Espera aquí un momento."

Matt y Pickett se confieren afuera.

"Él no fue útil,"dijo Pickett."Yopuedo'tPon mi dedo en eso, pero hay algo con él."

"Sí, tal vez estaba en al menos una matanza. Tal vez él ama el sabor de la muerte, Matt."

"O tal vezél'sSolo le encanta probar."

***

Sara, Jen y Melissa estaban sentados en una celda.

"¿Qué vamos a hacer\?"preguntó Sara.

"Tenemos que encontrar una manera de poner Jeff detrás de los bares,"dijo Jen.

Silencio.

"Sé dónde donde le gusta a Jeff,"dijo Melissa.

Matt cayó con tres tazas de café,"CAIL CServicio de Ell."Él los calmó."¿Cómo estás\?"

Sara respondió,"Las esposas que nos ponemos eneran frío de piedra para usar, y cuando la puerta celular cerró,Todo lo que pude pensar era una sensación de querer tan mal escapar."

"Melissa, corrimos los números que nos di las Id. California. Hay muchos nombres en esa lista. ¿Puedes reducirlo\? Una fecha de nacimiento\?"

Melissa se sentó en la cama celular con sus manos tocando y picazón de grito grita. Sus ojos marrones parecían que estaban en otro lado. Lentamente, revisó la cinta en su cabeza. Sí, el 10 de octubre de 1978."Pensé que no hiciste't Crience yo."

"Sara dice que tienes un regalo. Pensé en eso. Tengo una memoria fotográfica que se trata de práctica con mi trabajo, pero todavía estoy inseguro cómo el tuyo difiere de la mía. Él sonrió."Tenemos que perseguir cada plomo. Con la mano de obra y el presupuesto adicional, podemos hacer eso. Ahora es un hombre."

"Aún así nos gustaría ayudar, matt,"dijo Sara.

Jen asintió.

Melissa respondió,"Sé dónde le gusta haber estado."

"¿Dónde\?"

"El barra de borde"

"Tél camarero,recuerde que\?"dijo Jen.

"Bien."

"El barman dijo que viene en allí."

Pickett se unió a ellos en la celda.

"Haga que los niños ejecuten este Dob 10 de octubre de 1978, y me encuentro en el escritorio. Vamos a viajar en el borde de la otra manera."

***

Pickett condujo a Matt en el automóvil que eraLa costumbre los viernes. No era'T de distancia, por un centro de 5 minutos estaban allí. Darren estaba colocando las llaves en el vehículo imposificado para la entrega a Jeff, y volvió en el auto de la policía.

"Allí'sNuestro tipo, pickett."

Jeff estaba mirando a su alrededor. Sus ojos estaban cambiando, se están volando como si estuviera buscando problemas. Cruzó la calle y me entraron en el auto y se retiró en el tráfico. Los chicos se siguieron a una distancia segura.

Pickett y Matt entraron en el bar y ordenaron dos bebidas altas, un un templo de Shirley y el otro jugo de tomate con un pedo de apio. Pidieron la camarera para llamar al camarero a la mesa.

"NOSOTROStener algunas preguntas para preguntarte,"dijo Matt.

Pickett mostró ID."¿Conoces a ninguno de los hombres quen Estas fotos, y este artista's boceto\?"

"Este tipo en el bosquejo es Jeff. Dejó el bar con Cindy, el otro tipo es el Sr. Wright, que también estaba aquí sentado en otra mesa."

"¿Algo más\?"

"Sí, Jeff estaba en hace un minuw hace unos minutos. Tuve un momento difícil servirlo por Cindy."

"Si lo ves nuevamente,Don'tLamerlo directamente demasiado. Solo encuentra un lugar donde puedes llamarnos donde no puede verlo.Don'tAcercárselo con cualquiera de esto, ¿de acuerdo\?"

Matt y Pickett luego salieron del bar.

***

Los dos oficiales uniformados,seguimiento....Jeff corría...Para alcanzarlo.

Jeff salió del auto cerca de Shoe Haven y miró en su ventana. La tienda estaba vacía. No tenía ventana de oportunidad,*todavía*. Tal vez debería mirar a otra parte hoy. Tal vez él podría llamar a su amigo Sr. Wright. Él llamó,Pero no había respuesta.

Él volvió a su automóvil después de hacer algunas compras en el mercado de comestibles locales.*Tal vez él no lo haría't Dar dinero en efectivo esta vez*, pero el sistema de cámara actualizado le dijo lo contrario.

Pensó en sus bonitas damas, y apreciaba sus momentos con ellos, viendo sus ojos, sus labios, sus uñas. Miró a sus propias uñas. Uno estaba roto.*Tiempo para obtener una manicura.*

Se sacó y se llevó a una tienda, entró y esperó que el manicurista llamara.*Tal vez él podría preguntarle en una fecha que ya no recordaba el día después.*

Los dos oficiales registraron todos los lugares que fue como una residencia de alta gama en Queens Street. Escribieron en la dirección para averiguar quién era dueño del lugar, Sr. & Mrs.Braeston. Las imágenes se acercaron a su computadora. Matt les ordenó que se quede. Por la mañana,Pickett y Matt hicieron una apariencia cerca de la casa.

Jeff salió de la casa y recolectando el correo, lo arrojó adentro. Los oficiales lo siguieron.

Después de que se fue, Matt y Piquete se lanza al vecino al lado.

"Hola, ¿señorita\?"

"Solo llámame, Julie."

Ella era una mujer mayor en ella80's.

Pickett brilló una insignia.

"Estamos haciendo un vertical vecino. Has visto al Sr. o la Sra.Braeston\?

"En realidad, normalmente están fuera y se venían, llegan a pensar en él, yo he'Los los he visto en semanas. Su hijo,Jeff\? Se acercó,Y se presentó a sí mismo. Dijo que estaban en una excursión mundial extendida."

"¿Te has encontrado a Jeff antes\? Es este él."Matt mostró su foto.

"Bien-sí,que'sél."

"De acuerdo, solo estamos preocupados por ellos. ¿Podemos mantener esto entre nosotros\? No es sabio decir algo al Jeff."

Comprobación mateEd su computadora en el coche."HacerSr. & MRS.Braestontener un hijo\?"

"No, no había niños en archivo."

Pickett dijo:"Yo'llVuelva la vuelta detrás de yYo'llconocerte en elfrente. Ir aScout por el vecindario."

Diez minutos más tarde, Pickett llegó."Miré a los yardas y no había nada que ver, pero hay un gran vacío sobre un bloqueo donde debemos verificar."

"Nada fuera de lo común, aquí,"dijo Matt.

"Creo que deberíamos verificar el montón vacío también."

"Matt y Pickett condujeron el automóvil al lote que estaba rodeado de árboles. Un arroyo corrió en la propiedad. Había un pequeño camino que conduce debajo de un montículo. En el interior, caminando sobre la suciedad con sus linternas, encontraron un hueso humano, una mandíbula.

"Vamos a tener que obtener un equipo forense aquí aquí en modo sigiloso. Dale una historia de portada a los vecinos y los medios."

Matt tuvo este sentimiento que Jeff ha estado realmente ocupado.*Un buque corporal\? Completamente diferente¿Tus\?*Pickett era de piedra resiente silenciosa también. En cualquiera de los casos,El departamento's presupuesto fue disparoparaEste año. Se necesitarían más detectives, y se sentía perdón por la mandíbula, por todo.

Cuando volvieron al auto, se sentaban allí aturdido.

"Gance Frank en el soplador. Frank\? Creemos que encontramos más cuerpos muertos. Enviar un automóvil sin marcar, sin sirenas a nuestra ubicación,"dijo Pickett.

"Queremos llamar a Jeff en una entrevista. El problema es que tenemos muy poco que continuar, y después de que salga de las 24 horas puede huir,"dijo Matt.

"Acordado, ¿qué necesitas\? El resto del equipo y la vigilancia está escuchando."

"¿Dónde está él ahora\?"

"Abajo en la playa.Él'sComer sardinas, zanahorias y apio para el almuerzo. Muchas personas aquí abajo."

"Swat de pie."

***

Matt y Pickett llegaron a la playa que vería Swat estacionó una cuadra y los dos oficiales de pie de 15 pies de Jeff. Caminaron a Swat mientras hablaban con ellos con todos los brotes en sus oídos.

"De acuerdo, ¿así terminó su sardinas\?"Matt dijo Sarcastalmente.

"¿Vamos a arrestarlo\?"dijo Pickett.

"No, no estamos absolutamente seguros, sinoél'sAcarting y matar a las mujeres, y tenemos que hacer algo. Tal vez podamos sostenerlo para una pistola ilegal. Tenemos que intentarlo, mantenlo de la calle."

¡El comandante de SWAT aquí!¿Cómo quieres hacer esto\?"

"Picketty yoLo hará explorarlo en él. Si nosotrospuedo'tLlevé de abajo, y él dispara, tienes mi autorización para disparar. Lo herderé solo, por favor."

Jeff se levantó de sentarse en la playa y caminó hacia el muelle. Él estaba mirando y sonriendo. Era como si el bastardo sabía que estaban allí.

Matt y Pickett salieron al muelle, lo que le esquitándose. Él dijo,"Hola, muy amable, y levantó una pistola sobre su cabeza y tomó un disparo, una bala se alzará por el aire más rápido que unEavcill podría volar: aGaviota cayó al suelo, muerto.

Swat se mudó y tomó su disparo.

Jeff cayó a las rodillas que agarraban su brazo izquierdo. Su arma rebotó y disparó de nuevo y pató sobre los tablones de madera en la bebida."¿Qué te llevó tanto tiempo\?Yo'veTe he esperado."

Matt y Pickett lo pusieron completamente para tirar y poner los puños en él.

***

Pickett tomó a Jeff a una celda de edad, la siguiente al lado de Sara, Jen y Melissa. Empujó Jeff dentro de las barras de acero y escuchó metal en el metal Cierre la puerta. Él estaba en la misma celda que el Sr. Wright.

El Sr. Wright spaat entre las barras, y Jeff gritó a él,"¿Qué diablos\? ¿Qué estás haciendoAquí tienes a poco f ** k\? No lo hiciste'Devolví mi llamada."

Sara susurró a Melissa y Jen.*"Melissa, si tienes la oportunidad te tocarás\? Necesitamos saber."*

"Oye, bonitas damas. ¿Cuályaen\?"Jeff llegó a tocar los bares y poner su mano fuera de su celda y alrededor de una pared en su celda."Dulce, bonita dama, ¿sacaste el zapato rojo y el diamante\?"

Melissa cilizó,"Lo hice, cariño. Dame tu mano."Ella lo masajea, pero ellapodía'thable; La emoción era demasiado fuerte. Él siguió hablando pero eso no importaba.*"Tuve una niña una vez, pero ella me traicionara como tú,"*Él se hizo eco en su mente.

Él agarró su mano, y luego soltamos."Yo'llLlévalo a mi lado."

"¿Entonces crees que tu amigo me gustaría entonces\?"

"El Sr. Wright vagó y puso su mano a través de los bares,"Cariño, soy un buen amante en comparación con él."

"Que-. Siempre te vas de lejos. Soyva aPodigra la mano de ti."Él golpeó al Sr. Wright On El lado de la cabeza. Cayó de rodillas con un segundo golpe para el vientre."Trataré contigo más tarde. Solo recuerda eso."

Sara y Jen se volvieron para ver a Melissa en sus rodillas que le abrazan."Yopuedo'trompe la conexión.Allí'sDemasiado dolor."

"Wow, sientes su dolor\?"

"Sí, los golpes."

"Mira, Sara, Sél'sdesarrollar hematomas,"dijo Jen.

"Oh, no."

"Eso'sfuerte. El dolor está subiendo. Nunca lo sentí antes."

Sara y Jen la volvieron a intentarlo de estar parado. Melissa la hizo la campana."Yo'M out."

Pickett llegó con el Sr. Wright'El abogado

"Sr. Wright veo que estás herido. ¿Desea presionar cargos contra la policía\?"El Sr. Wright fue sacado de la celda.

"Pickett, ¿podemos obtener un vaso de agua para Melissa\?"

"Cosa segura"

"¿Estás bien\?"preguntó Pickett.

"Sí, ella'Estaré bien ", dijo Sara.

***

Matt y Pickett se sentó con Jeff en la habitación de interrogación"B"Con Frank Outching.

"Sabemos que estabas en algunos de los asesinatos, Jeff. Con el Sr. Wright\? DéjanoshablarSobre eso,"Match Matt.

Jeff sonrió. Él arqueó una enrutada en su enrollamiento. Su denLos ojos azules dieron una pista.'Dejar's juego un juego.

"¿Mataste a alguien\?"

Él se rió.

"No, no lo hice."Sus ojos se darán los ojos.Sus párpados bajaban y se encogió de hombros.

Matt puso las fotos sobre la mesa, una por uno."Dejar'S Start con estos."

"No.,"Él miró hacia atrás."El infierno puede congelarse sobre la fiprimera. Sí, son bonitos,'t ellos\?"

Matt no't incluso parpadear,"¿Qué hay de esos cuerpos en el lote\?"

"¿Cuál\?"

"¿Quieres decir que hay más de uno\?"

"¿Estás admitiendo a estos crímenes\?"

"No, ni siquiera uno, estaba tirando de tu pierna. ¿Qué quieres decir arrastrando a Joe Public en aquí\?"

Matt estaba caliente debajo del cuello, pero mantuvo su fresco. Pickett habló,"Usted, como ciudadano preocupado, no le importaría darnos su ADN y huellas dactilares, ¿verdad\?"

Jeff se redujo."Esto es cuando voy a abogarse. Todos los que ustedes pueden hacer es la documentación,"Él se burló.

Matt dobló su archivo,"Los abogados están allí para proteger a los inocentes, Jeff, así que somos."

Antes de poner a Jeff en una celda de mano, Matt miró su identificación. Tenía dos identidades separadas; Uno era de Californiaquefue el que especificó la fecha de nacimiento y los números doneló Melissa.

Era hora de hablar más con Melissa. Él y Pickett no iban a dejarlo alejarse con esto.

Ambos caminaban por el corredor con Jeff a su nueva celda: era hora de liberar a las chicas también.

"Melissa ¿Puedo verte en mi oficina\?"eNQUARY Matt.

"¡USTED también!"Chimed en Sara.

"Seguro que también."

Todos se sentaban en el cómodo sofá en la oficina. Pickett y Matt obtuvieron las sillas de escritorio.

"MelisSA, tu historia sobre el conductor's licencia marcada."Matt puso el conductor's licenciasEn el escritorio frente a Melissa.

Melissa'sLos ojos se fueron anchos."Entonces es verdad entonces. Fuera de la prueba."

"Te lo lo dijiste,"Beamed Sara.

"Sí."Jen sonrió.

"He hablado con eso con Frank y Pickett. Creemos que sería un activo al departamento en este punto. Nos gustaría tener tus tres como consultores. Serías jurado y decepcionado."

"De Verdad\?"

"Nos gustaría su permiso para darle estos cambios. Sara tiene uno, pero hay algunos para usted cada uno de ustedes. Estos contienen un baliza localizador y un micrófono. Necesitamos su permiso para activarlos."

"¿Quieres decir que me seguiste\?"Fartted Sara.

"No, tuLo habría activado solo para llamarme si estuvieras en problemas y dijiste que acordeste, Sara."

"No lo hiciste'¿Te usa para espiarme\?"

"No. Simplemente presione el lado de los Reparadores para activarlos."

Melissa tuvo sus ojos al piso,"YoDon'tSé, Sara. Esto me asusta y despúes de lo que sucedió con los moretones, yoDon'tsé."

Melissa mostró los hematomas en el lado de su rostro a Mate. Ellos estabanprincipalmentecubierto por su cabello.

"¿Cómo sucede eso\?"

"Melissa reaccionó a Jeff y Sr. Wright en la cárcel,"dijo Jen.

"Mi regalo parece extenderse más allá de lo que pensé. Parece que cuando Jeff golpeó al Sr. Wright, colapsé. Yopodía'tDesconecta de la emoción extrema."

Jen extendió y se sostuvoMelissa'smano."¿Vamos a dejarlo alejarte con esto\? Lo entiendo, Melissa."

"Tu soloDon'tSé cuánto dañó."

"Sí, pero siDon'tHaz esto, Melissa,él'sVolviendo a otra dama como él te estaba preparando."

Hubo una larga pausa antes de que habló Melissa. Ella levantó los ojos hacia arriba,"Sí, lo haré, pero no sin Sara y Jen."

"Bueno. Está todo se establece entonces,"dijo Matt.

"Sabemos que tienes una habilidad, Melissa,"dijo Pickett curiosamente."¿Cómo harías con los huesos\?"

"Huesos \?\?"

***

Matt, Pickett y las mujeres se reunieron en la estación de policía a la mañana siguiente.

"Hayva aser muchomásde evidencia,"dijo Matt.

Pickett tomó la hada con la mandíbula de la bolsa de plástico; Hubo un sonido duro como el hueso de la mandíbula golpeó la mesa y los papeles cercanos se enrolló.

"Todo lo que sabemos hasta ahora es que este hueso de mandíbula es masculino. Los tipos de tecnología han tomado lo que ADN podrían. El problema es que tomarán entre 7 y 10 días de proceso. Melissa,¿Podrías tocar el hueso\?"

Melissa alcanzó, pero luego se retiró.

"Melissa por favor intente,"instó a Jen.

Ella corrió sus dedos sobre la mandíbula, y sobre los dientes.

"¿Qué puedes decirnos\?"

"A este hombre no se espera que muera. Yopuedo'tTe digo cuán reciente. Su nombre ... Apellido es Brae-."

"Braeston\?"

"Greg. Estaba parado por la puerta. Nunca he sentido así antes. La mandíbula es muy fría. Él fue unido."

"Esto confirmaremos con los forensebres cuando encontramos la cabeza que va con la mandíbula. Solo espero que encontremos el resto de él. Mientras tanto, obtendremos registros dentales para elBraeston's,"dijo Matt.

Melissa miró a los demás como si hubiera visto un fantasma."YoSe sentí como si hubiera otra persona allí."

"¿Puedes decir quién era\?"preguntó Pickett.

"Puedo'tDile a quién era. Es solo un sentimiento. Estaba atado y desperté en un piso de tierra marrón. Eso es todo; eso es todo,"Ella dijo histéricamente. Ella dijo en una silla como el peso del pensamiento que era demasiado para soportar."

"Estamos aquí con ti melissa,"dijo Jen.

"Todos estamos aquí."

"Las imágenes son oscuras yesose siente como el día de un eclipse solar dondelas figuras son fantasmales,"Ella dijo."Perdió...."

***

Jeff estaba en su celda,Riéndose a sí mismo.

Me pregunto por qué las chicas bonitas estaban aquí\? Por qué estaban en la cárcel ... las bonitas chicas. Ellosganó'tEncuentra mi pasado.Lo hice todo debajo de la suciedad marrón. Ellosganó'tdescubre.

Se rió entre dors.

Corrió sus manos sobre las barras.

Se gritó incoherente en el espacio, golpeando sus manos en la puerta celular."¿Dónde está mi café\?"*Ustedesganó'tDescubre sobre Ken. Necesitaba el lugar. Ellos eran solo inconvenientes; Ambos tuvieron que morir.*"Entonces, ¿qué\?Mi lugar Entonces, ¿qué\?"

***

Pickett y Matt estaban tristemente por el hecho de que el Sr. Wright había sido liberado de la cárcel para esperar un juicio.

El Sr. Wright se detuvo para ver los detectives. Gleéurmente, dijo afuera que era el ciudadano de Joe Modedtambién, y ahora debía la protección policial.

"¿Por qué es eso\? ¿Conoces a Jeff\?"dijo Matt.

"Él'Lláme a mí."

"Entonces lo conoces entonces."

"Sí,"Él rompió.

"No tenemos evidencia, así quepuedo'tProtejate,"dijo Pickett."Si te encuentras, algunos tal vez podemos hablar de eso."Pickett le entregó una tarjeta de visita.

El Sr. Wright se redujo sus chicos.

"Depende de ti, pero le aconsejamos que lo haga pronto."

***

Sara, Jen y Melissa recibieron un descanso por un tiempo. Se sentaban solo tomando café con Matt y Pickett.

Melissa estaba tratando de dar sentido a las imágenes,"Matt,YoamSentirse desorientado. YoDon'tTener las escenas reales."

"Podemos remediar eso."Matt sacó los archivos y comenzó con el primer asesinato.

"Cielos, hay más\? No es de extrañar por quéEso'sUn goble."

"Eso'sbien. Pasaremos la evidencia en cada archivo de caso, pieza por pieza, incluidos los otros archivos fríos que creemos que tal vez se relaciona."

"Pickett, traiga las primeras tres cajas para el archivo de casos 10-40-60."Abrió las cajas y sacó la primera pieza.

"Todavía tenemos que confirmar todo, así que vamos a ejecutar una cinta de video, ¿de acuerdo\? Algunas de la evidencia nunca serán confirmadas, pero quiero que haga su mejor esfuerzo."

Sara y Jen se sentaban en silencio como Melissa pasó por las primeras fotos del crimen.

***

"En casos de asesinato, los huesos son'T enterrado siempre. Algunos se limpian después de que se extrae el ADN. Los huesos se almacenan," dijo Matt.

"En un cajón\?" preguntó Sara.

"Wow, un archivo de huesos muertos," dijo Jen.

Melissa abrió uno de los cajones.

"Eres un pájaro curioso," dijo Pickett.

"Sí, con evidencia de ADN a temperatura ambiente, el ADN dura solo tres meses, por lo que la habitación se enfría mucho a la misma que en el tiempo se levantaba."

"¿Cómo efectua eso los huesos, entonces\?" preguntó Melissa.

"Buena pregunta Solo piense, hemos recuperado el ADN de un fósil de Neanderthal de 70,000 años. En el cuerpo humano del suelo, podemos extraer ADN del cuerpo humano 10, 50 incluso 150 años después de la muerte," dijo Matt.

Pickett tomó una llamada telefónica, "Creo que podemos verificarBraeston'sprimer nombre Acabo de recibir un informe queBraeston'sID estuvo en la casa. Su primer nombre es Greg," dijo Pickett."Ahora mismoél'sPresumió falta como no hay ningún registro de tránsito fuera del país."

"Bien."Melissa aflojó los hombros que estaban doloridos del estrés."Puedo sit por un momento\? Espero que estés'¿Te espera tocar todos estos huesos\?"

"Seguro,Yo'llHazte algo para beber. El agua todo el camino\?"

Matt se puso en suTeléfono para actualizar Frank,"Sí, Melissaha confirmadoa principios deque esBraeston. Ahora tenemosPara esperar pruebas de ADN. Sí, sir."

"¿Quieres decir que podría leer los fósiles de 70,000 años\?"

"Wow, Melissa, eres un explorador ahora."

"Sí, me pregunto si lo que leo es el ADN\?"Melissa tocó algunos huesos. "Oh, mi".Más imágenes. Más historias. Melissa tuvo que sentarse.

"¿Qué ves\? ¿Oes oyes\? ¿Cuál'S Huele\? " Sara tenía una tonelada de preguntas, pero Melissa se fue cajón después del cajón por completo perdido en el pensamiento.

"Tiempo de almuerzo,"Pickett dijo con vasos de agua en mano, y como Matt todavía estaba en el teléfono,"Matt y yo nos han dado permiso para llevarlo a su primera escena del crimen. Cuando formamos en pequeños grupos de equipo, nos damos un nombre, cómo aproximadamente 5 de la pandilla. Lo haceun pocodiversión."

Matt estaba fuera del teléfono y escuchando,"Suena bien"

***

En la escena del crimen, llegó la 5 pandillas. Pasaron por una puerta de metal blanca a una casa de ladrillo rojo. Pickett volvió una llave en el bloqueo, y en el camino caminaban con sus pequeños botines.

Mirando sobre las fotos, Pickett comenzó a poner en las inmediaciones."El cuerpo se encontró en la sala de estar."Él sacó varias imágenes de la escena real."Encontramos esta uña cerca del cuerpo."

Melissa tocó la uña."Eso'sNo es más."

"¿Cómo puedes decir\?"preguntó Matt.

"¿Ves mi uña\? Es más pequeño."Jen y Sara pusieron sus dedos cerca del clavo.

"Estamos de acuerdo Esta no es la uña de una mujer."

"Estamos de acuerdo también,"dijo Matt.

"Es masculino"

"¿Puedes leer las uñas\?"

Ella lo tocó de nuevo. Melissa se sintió como si estuviera en un raspador de caminatas caminando una viga de acero, y ella estaba perdiendo su equilibrio."Yo'M No estoy seguro. Sé que no es ella, en el que es necesario que necesite una uña para compararla\?"

"SonSimplemente tratando de descubrir hasta qué se extiende su regalo, Melissa."

"Sí, y creo que tenemos una solución a eso. Melissa va a ver a Jeff otra vez."

"¿Qué\?"

Sara y Jen estaban mirando otra parte de la habitación."Supongo que debemos sacar nuestro peso y hacer la pregunta, si estaba estrangulada, y luego disparó, leyendo de tus notas aquí, ¿estaban allí\?cualquier huella dactilar tomada de otra¿Bullastas fantasmas\?"Jen preguntó.

"Sí,"dijo Matt."Quiero que te toques Jeff'sMano y sus uñas."

"Sí,"dijo Pickett,"Había una serie de impresiones encontradas, pero una en parteIcular parece sospechoso. La huella dactilar se ha derretidode descuento."

***

De vuelta en la sede de la policía, Matt y Pickett tiraron Jeff de su celda en la habitación de interrogación"B".

"Ustedespuedo'thaz esto, interrogarme,"Él dijo HAUGUTIL.

"Solo somos amistosos. No hay preguntas, solo queremos que tengas una taza de café. Melissa\? ¿Puedes venir, por favor\?"Ofrezca a este caballero una taza de café,"Mayor sonriente.

"Estás a un lado. Quieres mis huellas dactilares,"Jeff dijo.

"Puedes ligHT tu taza en fuego si quieres,"dijo Matt."Te daremos el partido."

Melissa trajo la taza de café, tocando su mano y sus uñas en una suaves caricia."

"Oh, sí, mi bonito, servirás bien. Eres tan tentador."

"Aquí está el partido para encender su taza en el fuego, y aquí está el agua para poner la burla de la burla. Sabes muy bienpuedo'tProcese sus huellas dactilares de esa taza ya que no se levantará en su juicio,"dijo Matt que lo placa."Veryamás tarde."

"¿Qué querías\?"él gritó en Matt y MattSalió de la habitación."Melissa\?"

"Don'tPreocuparse, pandillas, obtendremos el ADN de otra manera."Están en la espalda de vidrio de dos vías y vieron el ADN Goen fumar. El partido wentoco porque no pudo quedarme encendido.

***

Después de dejar el área de interrogatorio, Sara, Jen y Melissa estaban enMatt'sla oficina.

Melissa tomó algunas respiraciones profundas, y se sentó en el sofá."Él'sAliviando los eventos. Están un poco mezclados, y eso es difícil de leer. Tantas fotos, Jen."

"¿Puedes tomar instantáneas y revisar uno a la vez\?"

"¿Puede funcionar así\? Creo que necesita una computadora portátil,"dijo Sara.

Matt y Pickett se volvieron atrás.

"Sí, estábamos pensando lo mismo. Pickett tiene varios cuadernos aquí para usted y para Melissa, así como algunos bolígrafos de policía estándar."

"¿Qué hay de la uña\?"preguntó Pickett. Él tiró la uña de la evidencia y le dio a Melissa.

"Las uñas son similares, pero este tiene un sabor diferente a él. Es como si me caiga de un raspador de cielo y quiero vomitar."

"Puedes probarte\?¿Qué es probado\?"preguntó Sara.

"Bueno, realmente me gustan los elementos de rastreo de algo. Tiza dulce dulces, pero no es caramelo. Estoy confundido por esto."

Matt yPickett'sLos ojos estaban abiertos."Puedes probarte\?"

"¿Es su\?"Pickett preguntó de nuevo.

"No estoy seguro."

"Dejar'S Mira el informe del laboratorio un poco más cerca, pickett. Dice aquí bajo toxicología que la uña tiene veneno en él."

"¿Qué tipo de veneno\?"

"Arsénico."

"Pero eso no tiene sabor,"dijo Pickett.

"¿Esto duele a Melissa\?"preguntó Sara nerviosamente.

"Es un sabor naranja como azúcar, y yopuedo'tSiéntate todavía."

"Melissa, ¿estás bien\? Aquí bebeyoagua."

"Ella'lloraré,"Reproducido pickett."Eso'sUna cantidad de rastreo."

"¿Estás seguro\?"preguntó Jen.

"Solo todos se relajan. Estará bien,"Pickett tranquilizada

"We tendrán que obtener Jeff's huellas dactilares, y él y al Sr. Wright'S DNA y Melissa Quiero que escribas tanto como puedas en una línea de tiempo si es posible. Te daremos una hora y luego te enviarás a casa. Pasar en la próxima oficina que tres es donde es más silencioso,"dijo Matt.

***

"Oh, Sr.Hightechynessestá aquí,"Pockett Crowed.

"Sí, ustedes dos, los informes de laboratorio están en su. Jeff prefieras Cierto tipo de coche, unCívico. Lucky para ti tiene un sistema GPS incorporado-Alertas por correo electrónico, mapas, mensajería global y archivos de viaje histórico. Pensé que le ahorraría el problema y le proporcionaría imprimir de todos sus movimientos en una línea de tiempo y una lista de llamadas telefónicas que hizo sinted a la lista. Lo envié por correo electrónicoa tus computadoras personales."

"Oh,Hightechyness, eres el mejor,"Dijo pickett que dio al alto cinco gestos.

"Cualquier cosa en las huellas dactilaresde los autos\?"

"Sí, huellas dactilares que tienenellos para el análisis ahora."

HightechyDejó la oficina.

"¿Tenemos los sitios de todos los asesinatos\?"

"Sí, el equipo ha publicado eso a su pared, yaquí'sLa copia en tu escritorio."

"Bueno. Llame a una reunión del equipo ahora."

Los equipos dejaron de hablar y escucharon a Matt. Hubo 36 oficiales en la habitación y esto incluía a Escrigo Frank.

"Llame a las huellas dactilares y sEE Si pueden coincidirlo que se derritióHuella digital a los autos. Pronto. Rastree el resto de las huellas dactilares y vaya y entreviste cualquier posible testigo."

Dos officErs dijo:"NOSOTROS'llvolunteerPara las posibles declaraciones de testigo."

"Aquí hay una lista de ubicaciones del sospechoso's vehículos que pueden haberse utilizado en los asesinatos. Marque esta lista contra las ubicaciones del asesinato y comience a rastrear los números de teléfono en el GPS, lo proporcionaré en su correo electrónico,"dijo Pickett.

Cuatro oficiales se registraron para ese deber.

"Necesito unnotherEquipo de cuatro para buscar los archivos para todos los casos de estrangulación donde se involucró una bala y proporcionar un informe en cada uno,"dijo Matt.

"¿Cómo estamos haciendo en las declaraciones de testigo\?yaen progreso\?"

"Todavía en curso, señor."

"Agregue otro seis a su equipo y se atrapó sobre lo que se hizo. Espero informes, caballero."

"Todo en redacción, por favor,"Pickett se hizo eco.

"El resto de usted responde a los teléfonos del público. Cada detalle cuenta."

***

Matt y Pickett se unieron a la cadera y se volvieron e ingresaron a la oficina al lado de Frank también.

"Sara, ¿cómo está Melissa\?"

"Sél'sEscribir como loca y dibujando algunas fotos también."

"Frank, estamos trabajando los casos de todos los ángulos, pero están retenidos por los forense. ¿Puedes ayudar a acelerarlo\?"

"Sí, te encenderé eso. Tengo otro equipo trabajando para notificar a las víctimas'Familias, y como saben que me gusta hacer llamadas de seguimiento a eso. ¿Algo más que necesitas\?"

"Sí, ¡unas vacaciones para una luna de miel\?"Miró a Sara y sonrió."

"Voy a arreglar por uno. Para Pickett también\?"

Pickett se rió."Traeré mi propia fecha, señor."

"Sara, ¿cenarás conmigo esta noche, digamos 5\?"

"Seguro. Jen y Melissa están cenando junto con su familia."

"¿Podemos ir a casa ahora\?"preguntó Jen.

"Dale a Melissa otra hora, y luego consigue tener su mente de las cosas."

"Bien."

***

Matt recogió a Sara y aceleraron hacia el balizo.

"NOSOTROSganó'tTalk Tienda esta noche, ¿está bien\? Solo tú y yo."

Sara sonrió y sostuvo su mano.

El baliza estaba lleno de personas. La camarera los llevó tanto a una mesa reservada con una ventana de la bahía que mira hacia el agua. El muelle estaba a la vista.

Él la saque en una silla, pero luego sacó una joyería de su bolsillo derecho. Él tomó su mano y lo besó suavemente.

"¿Qué es esto\?"Ella se copió.

Ella abreEditarlo."Wow, es hermoso, unDelfín que rodea un diamante."

"Es solo una promesa que te amo, Sara. Sé que es temprano en nuestra relación, demasiado pronto para pedirle que se case conmigo, pero espero que ahora tenga en cuenta que debo ser en serio una propuesta."

"Oh, sí, lo haré. ¿Puedes ayudarte a ponerlo\? ¿Cómo sabías el tamaño\?"

"Presté un presidente de tu casa, ya que era una evidencia de partidos, y he tenido un experto en joyería tome el tamaño del anillo para mí. Espero queDon'tmente\?"

Ella sostuvo el anillo en su mano y el diamante brillaba."Wow, ¿hiciste eso por mí\?"

"Espero que apruedas\?"

"Sí,"Y ella lo besó.

"Eso fue fácil. Después de que ordenamos la cena por quéDon'tSalimos al muelle\?"

"Pescado, por favor."

"Yo también."Matt se acercó a la cocina para colocar el orden, y regresó con un ramo de rosas. Él la dejó poner en un jarrón sobre la mesa, alcanzó su mano y luego la llevó al muelle.

Se besaron y se mantenían apretados como la luz de limón del sol los cubrió. Lentamente, la luz se estaba volviendo y susurró en su oído,"Tengo hambre por solo tú. Te amo, Sara."

Ella lo besó, mirando hacia abajo el tono Matt había dado, y dijo:"Lo prometo"

***

La mañana siguiente, Matt y Pickett llegaron temprano-6 AM para una reunión de equipo. Algunos de los oficiales habían trabajado 24/7 y ahora estaban fuera de cambio; Otros estaban bebiendo su primer java. Con asesinatos para resolver, incluidos los del motivo, iban a ser muchas noches de innomado.

"¿Qué tenemos\?"preguntó Matt.

"Todos los forense se realizan en cuatro casos. Estentadas con testigo de los cuatro. Los registros telefónicos están aquí para cada una de esas víctimas,"dijo el sargento de servicio.

"Digno de nota\?"

"Dos testigos adicionales afirman haber visto el asesino."

"Realmente,"Matt levantó una ceja. Mattmarchado a su oficina condosdelDeclaración de testigos. Pickett la estaba colagando junto con el sargento de servicio.

"Tiempo para leer los informes, pickett."

Matt hizo un escaneo rápido sobre eldeclaraciones. Estos se ven bien para una posible identificación. Consígelos a los artistas de boceto, Pronto."

El sargento de servicio se movió rápidamente para hacer lo que se ordenó.

"Cuantos dnUnapelos ¿conseguimos\?"

"Pelos de nariz,también,Sir\?"preguntó Pickett.

"¿Cuántos pelos\?"

"Variosson macho Ejecuta el loto throUGH Nuestros archivos de computadora y deje's espero que golpeemos un poco en algunosde estosla gente."

Con esa piquetato estaba a hablar con el sargento de servicio sobre las tareas. Volvió con el hecho de que tenía suficientes oficiales, pero no con computadoras suficientes.

"¿Qué pasa con las líneas de tiempo de GPS y las víctimas\? Informe\?"

Pickett le entregó. Cinco de los autos se han procesado para huellas dactilares, etc."Algo extrañoel prints. Las puntas de los dedos se derriten también."

"Tenemos nuestro chico,"Pickett.

"Los oficiales han ajedre cincode Jeff'sAutomóviles hasta ahora para ver el tema de referencia en el área de cuatro víctimas. Más energía de la computadora es necesaria."

"Pickett, sigue leyendo. Voy a ver Frank sobre logística."Matt miró su reloj,"¿A qué hora son Sara, Jen y Melissa aquí\?"

"10 minutos."

"Yo'llConseguamos todos los café en mi camino de regreso."

***

Sara, Jen y Melissa estaban en las damas'habitación en la estación de policía mirandoMelissa'sHombro leyendo sus cuentas detalladas.

"Hay mucho ahí,"dijo Sara.

"¿Recordaste todo eso\?"Jen chintó con una sonrisa.

"Estoy haciendo una secuna a la persona, y no es'T bastante terminado."

Salieron del baño y conocieron a Matt y Pickett en su oficina. Matt tenía más archivos en su escritorio. En los archivos fueron imágenes de las víctimas de familiares y amigos (ninguna razón para mostrar las escenas de asesinato hasta que tenían que caminar a las escenas nuevamente). Lo que quería era información.

"¿Puedes hacer esto con pelos, Melissa\?"

"Mira, yoDon'tknow. Tal vez para algunos de estos, pero sé que hay otro involucrado en algunos de esto."

"Otro\?"

"Sí, tal vez dos, y están relacionados, creo. Es difícil para mí decirles."

"¿Qué más\?"

"Hay más de ellos,"dijo Sara.

"Más mujeres,"dijo Jen.

"Déjame mirar las imágenes que tienes en los archivos."

Pickett tomó los archivos del escritorio y uno a la aísos los abrió.

"Sí, allí reconozco cuatro y puede señalar lo que se relaciona en las notas. El quinto uno, yoDon'tSepa que uno en absoluto.

"Hay siete más perfilesincluido pelosde los archivos muertos tienes queCompare con lo que ya sabes, Melissa."

"Sí, puedo ver sus caras."

"Te ponemos en ver los artistas de boceto de inmediato. Necesitamos ver lo que has estado viendo, Melissa."

Matt, Pickett, Melissa trabajó por la noche, pero tal vez una siesta en el sofá primero\?"dijo Sara.

"La derecha,"Dijo que Jen la ha respaldado.

"Obtenga el sargento aquí. Obtenga este diario escribió los números de caso sobre los que se han identificado."

"Por favor,"declaróPickett. Necesitamos confirmar cualquier otra huella dactilares que pueda ser una familia que no sea lavics."

***

Jeff'El abogado de S que se mostró, y Jeff tuvo que ser liberado. La evidencia estaba en proceso, pero estaba construyendo lentamente, y Matt y Pickett lo sabían.

"Todavía tenemos el trazador en el automóvil, y los mismos oficiales están a bordo. Continuarán siguiendo sus instrucciones, Matt."

"El abogado es'Voy a te gustar eso."

"Lo habría tenido para el arma, pero eso entró en la bebida."

"¡Qué tan conveniente! ¿Tenía cualquier balpa en su bolsillo\?"

"Sí, pero tenían números de serie en ellos. Sabía que estábamos viniendo por él."

"Entonces nosotrosDon'tTen muchas pruebas para continuar. Sueldo él"

"¿Obtuvimos su ADN\?"

"No, el abogado no se reúne en eso."

"Tener llamados forense. H¿Los avisos pasan por la celda de la cárcel que estaba en. ¿Cuándo fue limpiado por última vez\?"

"Por la mañana, antes de su ser trasero detrás."

Desde la ventana, Matt y Pickett pueden ver a Jeff, caminando hacia su auto robado.

"Haga que los oficiales lo recogen. Ahora!"

En frente de su abogado, dijo Jeff,"¿Qué hay\?"

"Pon tus manos detrás de tu espalda."

"¡Hijo de una perra!"Miró a Matt a través de la ventana.

"¿Qué está cargado con el que se les está cargador\?"Pregúntele al abogado."Este hombre tiene derechos."

"Después de que Jeff lo haya limpiado, lo coloca en una línea. ¿Son los dos testigos todavía aquí\?"

"Sí."

"Tenga el sargento de servicio, pídales que se les pidiera una situación de línea al final después de completar los bocetos del artista. Y Pickett, realizas las alineaciones y obtén el abogado nuestra mejor forma de casa en el café de la casa."

Pickett rió,"Sí, señor. ¡Enciende!Melissa está aquí."

"Consútilela para ver la alineación. Vamos a tener que construir varios cargos diferentes y lo mantenga por separado en cada uno, pickett."

Con esa piqueta estaba fuera del abogado para caminar Jeff mediante el procesamiento.

"SERGETOR DE TIGU"

"Sí."

"Dé a Darren, el ladrón del coche, aquí.Él'sEn la protección de testigos."

Más tarde, Pickett se puso detrás de vidrio con el primer testigo. El abogado tenía su café y había calmado, y Jeff llegó a una alineación de la policía.

"Eligió cuidadosamente,"Él le dijo al testigo."Debe absolutamente seguro, Sra. Gavel."

Miró hacia abajo en la alineación, y sus ojos se fijaban en un hombre."Eso'sél."Ella estaba en pánico."Él puede verme.Él'sMirándome a mí."

"No, élpuedo'tNos vemos ¿Estás seguro\?"

"Sí, absolutamente seguro."

"Gracias. Este oficial aquí lo acompañará y tomará su declaración."

"Sí, es el número 2."

A continuación, se pidió a Melissa para la alineación. El abogado insistió endiciéndole a sí mismo que un hombre'sLa vida estaba en juego aquí.

"Sí,"confirmado Melissa."I identifico el número 2."

"Melissa escribe todo en la declaración. Ve con este oficial."

El tercer testigo no dio una declaración clara. Ella dijo que el número 2 era similar al hombre que vio, pero diferente.

Matt entró.

"Tenemos cosas en proceso aquí."

"Agregue a Darren también como un testigo potencial."

"Sí, Darren estaba aquí; También identificó el número 2."

Luego Pickett mostró al abogado de la puerta y le pidió que se siente afuera.

"Sí, disparó el arma dentrocTIY LÍMITES. Añadiremos a los cargos."

***

Matt y Picket se sentó en la oficina que se disuelve la evidencia. Sara, Jen y Melissa se unieron a ellos.

"Las imágenes de las cuatro escenas están diciendo-Fiestas de cumpleaños, Aniversarios, Bodas,"dijo Pickett.

"Dejar's Lee las nombres para recordarlos,"dijo Matt.

"Terry Dent-mediados30's, cabello de padre'sPara la víctimaidentificación.

Edna King-mediados80's, tuvo el bolso arrebatado. Lugar equivocado, tiempo equivocado.

Treny Cindy-mediados30's, Señora que se fue con Jeff en el barro de la ventaja.

Anita Cummings-mediados30's, encontró fuera de la estación de policía en un auto robado."

Sara suavemente se contaron con Perry, el perro policía."Quiero llorar"Matt sostuvo su mano.

"Yo también,"dijo Jen.

"Un momento de silencio, por favor,"Reproducido pickett.

¿Qué hay de los pelos junto a los cuerpos\?"

Pickett lee sobre los informes. Tenemos ADN en todos menos dos en cada caso."

"Que'sextraño."

"Parece que los pelos no identificados fueron en las cuatro escenas del crimen."

Sara dijo:"Entonces podrían estar vinculados, Jen."

"Parece que no hay mucho que puedes hacer para identificar el cabello y las uñas, Melissa,"dijo Matt,"Pero quiero que intente de nuevo. Cualquier cosa ayudaría. Además de Jeff le gusta,"dijo Matt.

Melissa respondió nerviosamente,"Seguro ...\?"

"Intenta poder hablar de sí mismo."

"Noté que cuando me tocaba la última vez, se estaba quedando adentro en la imagen."

En la celda de Holding, Jeff parecía a Sly cuando Melissa se acercó con café en la mano.

"Oh, mi bonita está de vuelta."

"Debes haber tenido un afeitado recientemente."

"Oh, sí hace unos días. Normalmente te afeitaré, pero ellosganó'tDéjame tener la desfile. Ha, ha!¿Te gustaría tocar mi cabeza peluda\?"

"Seguro\? BonitoY brillante. Pequeños pelos."Aquí'sTu café"

Él lo saca."No hay buena mezcla. No es de extrañar por qué los policías son de cerebro muerto."

Melissa se rió. Ella realmente estaba recibiendo el cuello de usar este regalo.

"¿Cómo está tu familia\? ¿Tienes alguna\?"

"Sí, un hermano peroél'sNo aquí más.Él'smuerto, ¿de acuerdo\?"

"Oh, ¿qué pasó\?"Ella puso su mano en Jeff's.

Jeff aclamó, pero no había lágrimas.

"Perdón por escuchar eso."Melissa podría verlo con papel y agua. Que élLo estaba haciendo no estaba claro. Él pone algoenaJugo de naranja, y le dio a su hermano. Ella también podría verlo ser enterrado en el suelo.

"Él no era de ningún uso de todos modos. Me alegroél'sido. No hay amor perdido allí. Todo lo que tomó fue un jugo de naranja diario, y tenía una experiencia religiosa. Ahíó y se vomitó mucho."

"Te dijiste naranjajugocon algo en eso\?"

"Ken era un debilitado y no lo hizo'Te gustan mis mujeres, especialmente mi cindía. Lo vi morir."

"Sí, bonita. Eres diferente Serás mi mejor esfuerzo."

"Tengo que irme ahora,"Estuvido Melissa.

"Tenemos todo en la cinta, pickett. Voy a ver Frank, y puedes llamar a su maldite abogado."

"Encuentra este Ken,"Dijo pickett al sargento de servicio."Podemos tener una ventaja en el caso."

"Lo encontré.Él'sen la computadora. Enviando un coche a su lugar."

***

Melissa había descubierto donde el café y la caída era de café y los demás en la oficina.

"¿Los forenses obtienen unNythingth of the Frymow en Jeff'célular s\?"

"Ellos vacuEnmarcado la almohada, pero segura. Ponga una prisa en ella."

Porque Melissa había tocado a Matt al darle su café que agregó,"NoCargo por sugerencias de Sará sus sentimientos."

Matt y pickett se rieron. Entonces todos se ríen, pero Matt se rió de lo más triste.

"Entonces, para cambiar el tema, debes know MyIntenciones hacia Sara entonces."

"Sí, Matt. Sara, él realmente te ama."

Pickett encapópalte con,"Yo'M soltero. ¿Alguna niña\?"

"Melissa tocóPickett'sbrazo,"Oh, tienes una mente muy sexy. Sí, daré una opinión de que intente."

Todos le rieron de nuevo.

"Bueno, Pickett, pide una fecha,"dijo Sara."Puedes venir a cenar en el balizo. Jen, obtén una niñera y traiga a tu hombre."

"Pickett, el ADN hace coincidir con la víctima, la trinchera Cindy. Tenemos que obtener esos otros identificados, incluida la uña."

"Cualquier suerte en Kenwsombrero'ssu nombre, el hermano\?"

"Sargento de servicio,El hermano\?¿Lo hemos encontrado\?"

"Sí, pickett. Tú unRen'Te va a gustar esto. Él era una de las víctimas que se encuentran en elMOUND, señor. Aquí está el conductor's licencia encontramos."Él lo dio a Mate en un baggie.

"No es bueno, pero bueno. Quiero decir que nadie quiere que nadie esté muerto,"dijo Matt.

"¿Quién posee el ADN a un cuerpo muerto\?"preguntó Jen curiosamente.

"Se realiza una autopsia y se recopila como evidencia, Jen."

"Tenemos un cuerpo en la morgue, por lo que podemos pedir una orden de buscar en la casa, incluidos los forense."

"En él,"dijo el sargento de servicio.

"¿Tal vez la uña anterior con el partido con KEN\?"Pensó pickett en voz alta.

"Necesitamos descubrir lo que Jeff sabe sobre el montículo. Ve por sus registros y descubra cómo Jeff pudo obtener arsenic desde alguna fuente."

"En él,"dijo el sargento de servicio y él voló de allí.

Jen, el googler, se encontró en Internet y encontró un artículo sobre diferentes formas de obtener el arsénico. Sara y Melissa estaban leyendo sobre su hombro."121 venenos ofrecidos...Disponible libremente en línea ... El papel de mosca contiene de 200 a 400 miligramos de arsénico ... extraído al poner el papel en agua."-LaSaintGuardian.com.

Antes del día fue pickett, la lista de todo Jeff había comprado varios artículos destacados. Según el coronero, Ken estaba muerto durante aproximadamente 3 días.

"Sí, podría haber estado involucrado en los asesinatos,"dijo Matt.

"Que'sLo que vi,"dijo Melissa."El papel en el agua."

***

Matt estaba en Frank's Office contempla los diamantes e identificando su valor-Un millón de dólares! Frank los vuelve a estar en la caja fuerte, girando la perilla.

"Creemos que mató a su hermano,"dijo Matt."Tenemos recibos que compró un poco de papel."

"¿Compraste algo de la misma marca\?"

"Sí, y el laboratorio está probando unLa teoría que dejó caer el papel de mosca en el agua dibuja el arsénico. Dicen que podría ser tanto como 400 miligramos de veneno."

"¿Tienen probado el cuerpo también\?"

"Sí, si el resultadosSon precisos, podemos tener los medios."

"¿Qué te has cargado\?"

"Disparando un arma en los límites de la ciudad. También estamos tratando de cobrarle con comprar un auto robado."

"¿Qué está pasando con Darren\?"

"SuLa declaración de testigo es diferente de lo que Darren nos lo dijo."

"¿Está aquí\?"

"Sí,él'sjusto afuera."

"Tráenelo. Voy a manejar esto como es un asunto delicado."

Darren fue traído a Frank'Oficina"He estado buscando sobre tu archivo, Darren."Hubo un silencio, mientras que Frank se llevó detenidamente cuidadosamente a la página para obtener unas toquelas de cinco páginas.

Darren se fusionó en su silla.

"Ahora, Darren, Matt me informa. Parece pensar que no estás diciendo la verdad con respecto a su declaración de testigo. ¿Por qué es eso\?"

"Necesito saberMatt'sAsesuraciones por escrito."

"Yo veo Joan, ven aquí y tomamos dicta para mí. La protección de testigos se proporciona a Darren que proporciona que le dice la verdad en su declaración de testigo. ¿Qué más te gustaría decir\?"

"Eso me impide haber sido acusado de posesión de autos robados, y que me reubicaré con retrainización."

"NOSOTROSpuedo'tAblévete de cualquier crímenes futuros que puede o no comprometerse a Darren, pero no le cobraremos esta vez si es honesto en su declaración. ¿Estamos acordados\?"

"Sí."

"Joan, ve y escribe que, por favor. Tomará unos minutos a Darren. Joan tiene dedos rápidos. Ahora, quiero que escribas la verdad en tu estado y luego intercambiaremos papeles, ¿de acuerdo\?"

Joan regresó con la letra paraR Frank'S Firma, y Frank lo firmó frente a Darren que le entregó su declaración.

Frank lee las palabras,"Vendí hasta 10 autos a Jeff. Le dijeron que no cuelguen los autos durante mucho tiempo mientras eran los autos robados. Él me dio $ 300 por cada automóvil."

"¿Hay algo más\?"

"No, excepto que mencionó a las mujeres."

"¿Qué dijo él\?"

"Mis contestos que necesitabasmástumbas."

"Si algo más lo viene a ti, ven y verme y juntos juntos viviremos tucomunicado."AgregarAhora lo que sabes a tu declaración, por favor."

Ahora eso fue hecho.Frank caminó a Darren a Matet yPickett'sla oficina."Prepare los cargos por los autos robados para Jeff."

Pickett preguntó al sergenero de servicio para traer la seguridad para Darren.

"Tenemos todos los informes aquí, señor, incluido el hecho de que Darren identificó a Jeff en la alineación de la policía,"Pickett confirmado."Ahora, está completamente prestado de custodia protectora. Vea a estos oficiales hasta que la Corte date. Lo llamaremos entonces como testigo."

"Testigo\?"

"Sí, estarás completamente protegido durante y después."

El sargento de servicio entró dentro de la oficina una vez más, y dijo:"Hay seis cuerpos del montículo, cuatro son mujeres y dosson hombres, señorBraestony Jeff'S hermano. Los informes de Coroner Downs de la muerte son de 10 años a 3 días para las víctimas involucradas."

"¿Cómo están nuestros bombardeos que están haciendo con esto\?"preguntó Matt.

"Han llamado en un experto en reconstrucción facial."

"Es posible que necesites más tiempo. YoDon'tknow Si todo esto es suficiente para cRown para mantener a Jeff. PICKTTY y yo trabajaremosResumen de los documentos para CRode, llévalos más allá de Frank que los tomarán de arriba."

***

Jen, Sara y Melissa recibieron permiso para caminar la escena del crimen del montículo. En el lote vacío, descendieron por las escaleras pasadas de los árboles afuera. El montículo interior estaba frío con el olor a la tierra y otra cosa.

"Hola ..."Dijo Sara cuya voz se arrodilló de la suciedad y la madera. Ella y los demás'Las linternas se encendieron, pero Sara se juró en poder que escuchara su propio corazón.

Jen vio un arrastre de araña realmente grande.

Melissa dijo:"Espeluznante."

Matt y Pickett se unieron a ellos tan silenciosamente que las mujeres no hicieron'Los escucho venir.

"Sí ..."dijo Matt.

Las mujeres saltaron.

"¿Dónde están los cuerpos\?"preguntó Melissa.

"En la morgue,"dijo Pickett.

"¿Por qué estamos aquí\?"preguntó Jen.

"Porque ... necesitas ver dónde estaban las enterradas, pero hay algo más-animales muertos,"Respuesta Matt.

Pickett señaló los agujeros más grandes y luego los más pequeños aquí, allí y allí."Sí ... Pensamos que deberíamos prepararle para lo que es venir. Todos van a la morgue hoy."

"Entonces vamos ... pero yoDon'tquiero,"dijo Melissa.

"Yo odio el olor,"dijo Sara.

"Seré mi primera vez,"dijo Jen.

"Sí ... Eras la distracción para el Mortician."Sus voces golpearon la pared posterior y se rebotaron.

"Fantasmas,"dijo Melissa.

"Pensamientos felices, por favor ...,"dijo Sara.

"Había una ardilla allí, un gato aquí y un perro allí. ¿Cómo estás con animales, Melissa\?"preguntó Matt.

Horrorificarse con el pensamiento Melissa argumentó con Matt,"No, no estoy haciendo eso!"

"Tenemos que hacerse Melissa de vuelta,"dijo Jen.

"Soy honestoDon'tsaber ... yoganó't. No ....."

Ella ha tenido suficiente respiración en los muertos,"dijo Sara.

Jen estaba sosteniendoMelissa'sMano y subieron de las paredes de tierra en el aire abierto."Respirar en confianza,Melissa, respira hacia afuera."Había muchas respiraciones profundas.

Melissa inhaló y exhaló los árboles, la luz del sol, el musgo, la hierba alta. Hace un momento, sintió como desmayar, pero ahora se sentía más seguro y menosFUL,"Lo intentaré"

"Está bien. Vamos a iry almuerza y espera unahora. Siguiente parada después de eso será la morgue,"dijo Matt.

Melissa continuó respirando y Sara y Jen se quedaban a su lado.

***

Para llegar a la morgue, no hubo pasos para bajar, solo la vuelta de uno'S estómago en un paseo en el sótano. El coronador estaba allí. En la habitación era acero, mesas de acero, cajones de acero, acero duro frío.

"Tengo frío aquí,"dijo Melissa.

El coRoner sacó la Sra.Braeston'sCuerpo del cajón.

"Tan fríos,"Melissa se estremeció.

"Déjame darte mi suéter,"dijo Jen.

Melissa puso el suéter y sostuvo su aliento y tocó el cuerpo. Melissa se tocó."Corrió de la cocina, escuchando Greg gritó. Ella fue a ver qué pasó. Estaba acostado en el suelo y no mudando."

"¿Quién más está allí\?"preguntó Pickett.

"... él...Ella lo vio. Fue Jeff."

"¿Estaba él solo\?"

"No ... su hermano estaba allí. Ellos la persiguieron el pasillo, pero el hermano la agarró y la sacó. Él ... estrangularla, y luego Jeff la disparó en la cabeza. Ellos movieron los cuerpos al montículo."

"¿Cómo lo sabes\?"preguntó Matt.

"Antes de morir, la escuchó hablar sobre el montículo."

"¿Cuánto de esto puedes confirmar,"Matt le preguntó al coronador.

"Puedo decir que estaba estrangulada y murió de una herida de disparo. Tenemos más pruebas de muestras, incluido cualquier posible ADN debajo de sus uñas."

"El moes correcto,"dijo Pickett."Tenemos aquí el informe de laBraeston'scasa. El vecino dijo que lo vio en el hogar con otro hombre yendo y ir."

"Jeff¿Tienes padres\?"

"Oh, sí, tengo la dirección aquí. Todavía están vivos."

"Parece que Frank va a tener a nofy la familia en cuanto al hermano'S Muerte, y luego haremos una visita."

"Buen trabajo, Melissa. Vamos a sacarteT de aquí por ahora. TOO mucho en un día. Escriba su declaración y veremos sobre el café también."

Sara y Jen cerraron los brazos alrededor de Melissa y la escoltaron. Era difícil conseguir el olor de sus pulmones en el paseo de ascensor de vuelta a la oficina.

"¿Cómo haces esto\?"preguntó Sara."Todavía no estoy respirando todavía."

***

"Donde esta jeff's abogado\?"Mirada más extraída.

Pickett lo trajo. Él ha estado sentado allí por una hora.

"¡Todo depende de la hora que llegaste!"dijo Matt.

"Sí, estás sosteniendo a mi cliente sin cargos y tiene derechos-"

"Te detendré allí, señor, Jeff tiene cargo de responder."Matt le entregó una lista escrita.

"Bueno, esto ciertamenteganó'tMantenlo."

"Ahora tienes la oportunidad de conocer a tu cliente. Nos vemos en el tribunal."

Matt y Pickett sonrieron como el abogado desglosado que salió de la habitación.

"Tenemos trabajo para hacer, Pickett. ¿Dónde estás\? Sugerencias de servicio\?"

El sargento entró, y Pickett observó a Matt Snap de algunas órdenes a las que agregó Pickett,"Por favor."

"Obtenga cualquier video tomado de la tienda donde Jeff compró el papel de mosca.

"Asegúrese de tener su recibo de compra.

"¿Cuál es el estado de las huellas dactilares en todos los casos\?"

El sargento era un poco genio fuera de una botella.Él respondió,"Tenemos el video de Jeff comprarla. Las huellas dactilarias están todas con nAmes asociada a excepción de Jeff's. No tenemos comparación. Jeff's papers está encontrados en elBraeston's. Su nombre aparece en el exterior de unN Caja de presentación de acordeón. Él no era'T Gran parte de un administrador asistente: los documentos estaban en todas partes y literalmente tuvimos que peinar la caja."

"La propiedad de la caja es un poco nublada, pero tenemos que probar que no era un dueño de la casa, y que no hay parientes llamados Jeff."dijo Pickett.

"Tenemos una declaración de testigo del vecino que se identificó como el Hijo. Obtenga toda esta documentación. Compruebe los detalles de nuevo que ella lo vio y que su declaración y la alineación de la policía reflejansque,"dijo Matt.

"Tomaremos la documentación a crown. Obtenga el empleado de la tienda aquí. Obtenga esa declaración y ponga a Jeff en la línea de identificación,"Matt continuó.

"Todo se hará,"dijo Pickett."Gracias, mi genie."

"Oh, necesitamos todas las huellas dactilares que tienes,"dijo Matt.

"¿Qué hay de las otras víctimas\? ¿Cómo obtendremos este tipo en la cárcel y lo mantendría allí para mantenerse. Conoces los tribunales,"dijo Pickett.

"Al siguienteBraeston's. Tenemos que ponerlo en esa casa con sus cosas. Huellas dactilares en la caja. Él no fue invitado allí para vivir, y fue elReuble pretensado. LaBraeston'sdidn'ttener un hijo, ¿verdad\? Por Dios, nosotrosmejorTener otro Jeff aparece en este caso.., verificación doble,y Tripleverificación."

"Tuve el sergio de servicioAntigón MR y Sra.Braeston'starjetas de crédito,"dijo Pickett.

"Y\?"

"Parece que había pagos hechos que no eran los normales después de sus muertes. Parece que los dos tenían todo lo que va."

"Trae de vuelta el genio,"dijo Matt."¿He usado todos mis deseos\?"

"Sí, señor,"El sargento de servicio se rió entre dientes.

"¡Gázalemos los trabajos! Registros de teléfono. Quien llamó cuando. Tener algunos de su oficial's Visita cada uno de los lugares donde las compras se hicieron que no eran normales. Obteneryo theVideo y declaraciones de testigo. Volver3 meses,y después de laBraeston'smurió."

"Derecha. ¿Algo más\?"

"Llame a una sesión informativa. Y asegúrate de que tu personal se elimina. Dimentar a las 1 p. M. Necesitamos averiguar quéfue la última llamadaBraeston'sHecho, y donde hizo Jeff y hermano tomarse."

El genio se fue.

"Pickett,Llame a Sara y extienda una invitación de la cena para todos los que incluyen usted mismo."

"Sí, esa será mi primera cita con Melissa,"Pickett sonrió."Sél'sUna mujer finaSiempre quise una mujer que podía leer mi mente."

"No hay problema, pickett. Mi gerente mantiene las flores en el grifo en el balizo, así que no hay problema. No hay problema en absoluto."

***

Matt y Pickett estaban hablando en la oficina donde el sofá parecía muy atractivo.

"Si el cRown, acepta los cargos, podemos recolectar una muestra de cabello, huellas dactilares y ADN para Jeff. Qué alivio que será pickett."

"Sí y podemos tener eso coincidido con lo que tenemos de las escenas del crimen."

"Debemos hablar con nuestro beagle legal sobre la muestra de huellas digitales encontradas en muchas de las escenas del crimen. No tiene crestas como un noMuestra RMAL debido a los dedos derretidos. Sospechamos que son Jeff's pero qué pasa si estamos equivocados\?"

"Las comparaciones para el ADN en el archivo tomarán una semana a fin de procesar."

"Maldición, estos casos son difíciles. Hay tantos. ¿Cómo hizo ese daño debajo del radar\?"

"Si nosotrosDon'tObtenga una ofensa grabable para la hora de la cárcel, estamos aros."

"Necesitamos que esto parezca esta caja, pickett."

"Melissa ha sido una gran ayuda, así que Sara y Jen. No estoy renunciando a mis fechas de cena. Solo vamos a tener que trabajar más inteligente."

"Ni yo. Sara'smaravilloso. Voy a casarme con esa mujer. Estoy tan cansadosin embargo."

"Sabes dónde está el sofá yYo'llCierra la puerta. Te despierto en una hora."

Era una buena cosa que Matt podía dormir a cualquier parte. Señale. Duerme solo lo supera en la oscuridad, pero había la sensación de peso muerto ... Jeff ... se enterró aún más cuerpos. Matt encontró uno y comenzó a cavar. Había otro esqueleto allí en algún lugar. Vio un dedo hueso. Siguió cavar, pero el agujero siguió llenando con tierra. El bosque estaba muerto en silencio. Élpodía'tDeje que Jeff se salte con él. Siguió cavar y se estaba volviendo más difícil y más difícil levantar la pala.

"Matt\?"

"Pickett, ¿dónde estás\?"MAtten se frotó los ojos; hE estaba llorando y sudoroso.

Pickett volvió a encender las luces."¿Estás bien\?"

"Solo dame un minuto."Matt se sentó."Hay más huesos allí ... Necesita descubrir cómo cavarlos."

"Café\?"

"Oh, sí,"Matt suspiró y respiró muy profundamente,"TOo mucho peso en nuestros hombros. Es tan frustrante tratando de sacar a su hombre cuando lo sabe."

"Te escucho. Uno solo se mantiene cavando."

"Sí, pero la suciedad está aquí aquí, y tenemos que resolverlo."

"Justo tiempo para ver a Sara y la tripulación."

"¿Cuántas rosas tienes\?"

"Algunos de cada color."

"Una docena de cada uno."

"Sí, y recomiendo el chef's especial, el salmón y un paseo en el muelle."

***

"Esto va a ser cincodías desde el infierno,"dijo Matt a piqueta."He hablado con el beagle legal y el fchicos ingerprint sobre el derretidoimpresiones. Hemos estado suponiendo,"Matt arañó su nariz,"Que podemos usar las impresiones, una vez que se combinan, pero podría ser difícil. Obtener el beagle legal.¿Cuál'ssu nombre\?"Matt se movió los dedos tratando de recordar.

"Jack,"dijo Pickett."Solo hollé para él comoél'sDos puertas abajo."Pickett caminó por el hall y golpeó su cabeza en Jack'Oficina"¿Tienes un minuto\?"

Jack llegó a Matt's deskListo para la corte en un traje elegante y corbata de seda."¿Cuál'shasta\?"

"Necesitamos su opinión legal en estas impresiones,"dijo Matt. Pasó por una gran fotocopia.

"Oh, no hay crestas, algunas veces, peroDon'tsé. Tendría que hacer un partido a la persona, y podría ser difícil argumentar que no había otra persona que pueda encajar las impresiones. ¿Tienes otra evidencia\?"

"Trabajando enconsiguiendoEl ADN y las huellas dactilares de Jeff."

"Sabes que necesito suficiente para condenar."

"Sí, pero ¿qué hay de estas impresiones particulares\?"

"¿Cuántas escenas efectuadas por esto\?"

"Tenemos más de 12 casos, incluidos los sospechosos de archivos muertos,"dijo Pickett.

"De acuerdo, iré a Beagle legal en eso,"Jack se rió,"Debe haber algo en los libros de la ley para esto."

"Necesitamos obtener suficienteEn estas impresiones!La tecnología se llamó y dice que tiene mássobreel papel mosque, y posiblemente mássobre elimpresiones.Yo'llIntenta sacarse en eso,"dijo Pickett.

"Tengo un caso judicial esta tarde, y estoy buscando mi mejor esfuerzo. Envíame lo que tienes, como tu chico de huellas dactilares."Jack saltó.

"SERGETOR DE TIGU"

"Sí, señor. Más sobre esoslos ingresos. Jeff también compró papel higiénico, y fue de un gran supermercado de cadena. Hemos determinado con el número de serie dentro del rollo de papel que proviene de este fabricante."

"¿Qué tiene que hacer con el papel de mosca\?"

"Fue comprado la semana antes de que el hermano muriera. Revisamos el papel higiénico en el Jeff'A apartamento. El papel higiénico probablemente provenía del mismo paquete que se deja en elBraeston'sEscena de asesinato. Había huellas dactilares en el rollo usado, señor."

"Veo que estás siendo realmente completo en tu análisis, y cuyas impresiones son\?"

"El derretidoFulguments e índice de dedo, con dos juegosde ellos, señor."

"Ahora eso es interesante, pickett."

"¡Hazme esos impresiones!"dijo Matt,"Y el chico de huellas digitales. También envíe una foto a Jack."

"YoDon'tsaber cómo estos datos son conectadostodavía,"dijo Pickett.

"Después de obtener la declaración de Stanley, pregunte educadamente para sus huellas dactilares y ADN para gobernarse.Carol's, TOO."

***

Sara, Jen y Melissa llegaron a la oficina.

"Después de varios días en la morgue, me gustaría hacer algo más,"dijo Sara.

"Sí, acordado,"dijo Pickett."Voy a obtener algo de información de algunos testigos. ¿Quieres venir\?Estamos fuera para Jeff y Ken'S padre'sHogar, pero el café primero, creo."Pickett fue y obtuvo el café para todos.

"Mientras tanto, ¿qué has aprendido, Sara\?"preguntó Matt.

"Solía haber una casa en esa propiedad con el montículo. La propiedad pertenecía a Jeff'padres padresla ciudaddice. Lo gracioso es que la casa no era tan vieja cuando estaba desgarrada. Tenía solo 7 años."

"Está empezando a sonar como un detective,"dijo Pickett. Señaló la información en su cuaderno para el seguimiento.

"Aquí estánNuestro informesen él,"dijo Jen brillar.

Melissa era muy tranquilo,"Jeff y Ken no estaban'T trabajando en sola en la morgue de la tierra. Tuvieron compañía. No puedo colocar la voz debido al eco abajo allí. Podría ser hombre o mujer."

"Bien,"dijo Matt,"Tal vez deberíamos preparar un poco para la entrevista con los padres. Leeré tu informe Melissa y gracias a todos ustedes."

"Sara y Jen, si obtienes una oportunidad, check las habitaciones dormitory Jeff y Ken dormía. Pickett y Melissa tomará la Sra. Y, tomaré al Sr. En ningún momento, es que estarás en cualquier otro lugar para que pueda encontrarlo fácilmente. Melissa Touch tocará los dos testigos cuando primero entramos para condolencias."

***

En un automóvil sin marcar, la radio jugada,"Perdió tu camino, recupera tu alma,"Y todos estaban en silencio. A su llegada, encontraron que la propiedad se entrelazó fuertemente, y llamaron a la puerta de entrada. Al lado de las tres escaleras era un flamenco rosado plástico en la suciedad.

"Sr. y Sra. Bronson\?"

Abrió la puerta.

"Sí\?"

"Vamos. Llámame Stanley y esta es mi esposa Carol."

Algunas sillas se ofrecieron.

Carol se rompió en lágrimas,"Cuando obtendremos nuestro hijo'S cuerpo\?"

Pickett respondió,"El coronador te avisará tan pronto como sea posible."

"Cuéntame sobre Ken,"Melissa puso su mano sobreCarol'sbrazo.

"¿Vivió aquí un poco mientras crecía\?"preguntó Matt.

"Sí, en su adolescencia."Carol mantenía sollozando."Él era el más débil de los dos niños. Jeff era el más fuerte."

"Entonces, ¡crecieron en diferentes lugares\?"Pickett preguntó.

"Sí,"dijo Stanley,"¿Por qué sería útil saber dónde\?"

"Nos gustaría una lista como lo hacemos un control de fondo extensivo."

"¿Para qué\?"Carol saltar de sobraboración.

"Solo procedimiento, Carol eso'stodos."

"Podemos ver a los chicos'habitaciones\?"

"Oh, sí, si lo ayudará,"dijo Stanley."¿Qué dices a las chicas te hace un poco de té o café, Carol\?"

"Me gustaría tsombrero."

"Entonces, ¿cuándo últimas veré a Jeff o Ken, Stanley\?"

"Una semana, llegue a pensar en ella dos semanas de regreso. Ellos mezclaron un estiércol en el jardín, pero Gee lo huele realmente mal este año."

"¿Tienes una pala\?"

"Tengo dos."

"NOSOTROS'llObtenga la pala de mi auto juntos. Es nuevo y yo está puñado para probarlo,"dijo Matt."Dejar's Vaya y mira el paso en el jardín."

"Yo-Don'tMira por qué no."

Matt asintió con pickett y luego salió de la casa. Matt movió la pala en el jardín. Él se escape de que hasta que golpeara algo. Él se cavó incluso más profundo, y descubrió un vestido de sol amarillo.

Stanley colapsó en un montón en el suelo."No,"Él levantó con sus manos a su rostro."Don'tDime que mis hijos hicieron esto."

Matt sacó un profundo respiramiento y había escogido de Stanley desde el suelo,"NOSOTROSDon'tConozca nada todavía."Matt Radioed Pickett,"Necesitamos un equipo forense aquí lo más rápido posible. Mantenga a las chicas en la casa."

"Lo tengo"

Melissa tocó a Carol nuevamente y de la información que comenzó a encomiértela, pero solo escuchó y no dijo nada a Carol. Sara y Jen estaban en las habitaciones.

"Jeff era unido en espíritu. No lo hicimos'T conocer qué hacer. Disparó a los animales con un arma que su padre le dio, y los quemó. Ken era suave, qUIET, Gentle, pero siguió a Jeff's plomo Jeff siempre estaba en problemas en la escuela."

"¿Hubo un incidente específico que recuerdas\?"

"Sí, hizo que Ken reloj cuando se enterró las cosas. Un día lo puse gritando en Ken,'Mira, te térraso. Haz tu trabajo!'Pensamos que si seguíamos moviéndose, él crecería de eso. Nos hemos movido cuatro veces, cuatro casas y nunca se había convertido en él."

"¿Por qué tienes esta sensación más fácil que Jeff hizo algo a Ken\?"

"Jeff, era solo puro mal,"Carol Sobbed y todo Melissa podría hacerla supondría.

Sara y Jen regresaron de las habitaciones."Necesitamos hablar más en un poco,"dijo Jen.

"¿Sus muchachos guardan diarios\?"

"Oh, sí, lo hacen. Nunca los hemos leído. El psiquiatra dijo que deberían permanecer privados."

"¿Cuántos de ellos\?"

"He perdido el conteo. El psiquiatra pensó que deberían escribir sobre sus sentimientos."

Sara y Jen revisaron las habitaciones."Hay muchas revistas aquí."

"Aquí, también."

Matt regresóaLa casa con Stanley."Esta casa ha sido declarada escena de crimen. Un coche vendrá y se pondrá a Stanley y Carol y los llevará a la estación."

***

Forenss yLas huellas dactilares estaban en Jeff'padres padres'Casa pasando por todo. Uno de los técnicos llamado para decir que habían encontrado papel de mosca en el sótano."Allí'smucho de eso,"él dijo,"Cuatro paquetes"

Matt se sentó con pickett y el resto de la pandilla sobre el almuerzo,"YoDon'tsentirse bien"

"Yo, tampoco"dijo Pickett,"Yo he'T tio jugo de naranja por un tiempo ahora."

"Yo también,"dijo Melissa.

"Parece ser un consenso en eso,"dijo Sara.

"Justo cuando creo que estos casos van a abrir de alguna manera,"dijo Pickett.

Todos intentaban comer sándwiches y tragarse café, y Carol y Stanley estaban sentados en la sala de espera tratando de comer un sándwich. Carol parece ser capaz de comer, sin problemas, pero no a Stanley.

"¿Qué crees que saben\?"

"Ellos son'Diciendo todo. Es como si estuvieran ocultando algo,"dijo Melissa.

"¿A partir de entonces las revistas\?"preguntóSara."Jen, ¿eligiste uno y miré en eso\?"

"Sí, fue codificado."

Pickett, obtén las revistasDespejado por el sargento de servicio. Pickett estaba tomando un mordisco de su sándwich, pero se precipitó para decirle al sargento.

Matt se quitó el último de su café, y Pickett regresó con Stanley en remolque: era hora de descubrir lo que les diría.

***

"Stanley, ¿qué sabes sobre el papel de mosca en tu sótano\?"dijo Matt.

"¿Qué papel de mosca\? ¿Qué tiene que hacer con eso\? Está bien, no. Jeff y Ken estaban allí más. Yopuedo'tBajar las escaleras con mi rodilla de bum."

"Quieres decir cuando cHeck, no encontraremos quecomprado cualquiera\?"

"Compré un veneno de rata hace muchos años, pero nunca volas papel."

"¿Hay algo que nos cuente sobre Jeff y Ken\?"

"No, no en absoluto."

"Estás siendo evasivo, Stanley."

Melissa lo tocó.

"YoDon'tComo tu tono"

"¿Eran eVer tiene mujeres a la casae\?"

"Sí, lo hicieron."

"¿Cuándo fue el último\?Una niña en un vestido de verano ... ... ¿El mismo vestido que pegamos con un cuerpo unido a él\?"

"Yo-YoDon'tsé."Él se encogió de hombros.

"¿Estás mintiendo, Stanley\?"

"Tal vez Jeff ... ¿Dónde está Jeff\?"

"Puedes verlo después de obtener su declaración. Además, si está dispuesto a tus huellas dactilares y ADN para descartar lo que sucedió en el jardín."

"De esta manera, señor."Pickett los conoció en la puerta."De esta manera, Stanley. Una vez más, lo siento por tu pérdida."

***

"Melissa, ¿cómo puedes decir que Stanley no está diciendo la verdad\?"

"No, veo fotos, pero hay un sentimiento, Jen."

"Entonces, ¿cómo sabes,"preguntó Sara.

"Pretenda no pensar en algo, Jen."

"Bien."

"Ahora, déjame tocarte ... está bien,Hay una imagen engomada allí. No se mueve como normal. Tiene sentimientos, pero no se adelanta."

"¿Puedes decir lo que es la imagen\?"preguntó Sara.

"Sí, Jen, estás en la playa con una niña pequeña. Sél'snatación. Su cabeza está abajo en el agua. Sél'sUsando las correas de un traje de baño amarillo. No hay'T Sello de tiempo en esto, justo en eso fue en el pasado, y estabas en enrollamiento. El sentimiento es ... miedo."

"Sí, sél'sMi sobrina, y ese día ella casi ahogó,"dijo Jen.

"Sí, su cabeza está casi sumergida.Stanley'sla imagen es ingenioH Jeff y Ken. La casa eslo mismouno estábamos en. Stanley IS de pie sobre una mujer que no es'T moviéndote en un vestido amarillo. Sél'sEn la alfombra abajo en el sótano. Crees que la sensación sería una de empatía, peroyot'sno. Es la sensación ... de estar orgulloso. La imagen está muy apretada, y yoDon'tPiensa que Stanley ha movido pasado ese momento."

"Wow, y todo esto está en tu informe\?"preguntó Jen.

"Sí, tuve que explicar la escenaS como esto en detalle como unFotografía de lo que vi, y lo que sentí."

***

Matt yPickett estaba comparando el Jeff's familia's huellas dactilares. Notado en el informe fue la palabra"extraño."

"Dice que aquí las dos impresiones para Jeff y su padre tienen las mismas similitudes anormales,"dijo Pickett.

"Anormal\?"

"Las crestas se derritande descuento."

Matt puso su propio dedo en su nariz y levantó una ceja."Similares\? ¿Cómo están similares\?"

"Muy cerca del uno al otro. ¡Casi idéntico! La tecnología dijo que era muy difícil decirles."

"¿Cómo es eso posible\?"

"La tecnología indica que la única diferencia es una pequeña marca de corte."

"Puede esto, más fácil,"dijo Matt con un suspiro de frustración.

"No,"pickett rió,"Él dice algo más."

"¿Qué\?"

"Coincide con algunos de los priNTS en las diversas escenas del crimen hasta ahora."

"Wow,"Matt se levantó de su silla y se movió alrededor."Vamos a tener que volver al Padre, Pickett. Véase si Carol tiene cualquier foto de las casas anteriores que vivieron. Melissa en su informe prestará especial atención a su sótano."

"Lo sé. Páselo al sargento de servicio."

***

De alguna manera, los medios se habían ganado una historia que alguien llamado Jeff Bronson estaba bajo custodia. La prensa llegó fuera de la estación de policía. Frank tenía sus manos llenas.

"Lo tenemos aquí tienes Jeff Bronson, el estruendo de la bala de diamantes."

"Este caso puede o no estar relacionado. No podemos responder ninguna pregunta en este momento debido a la naturaleza de los derechos de un acusado y un juicio."

"¿Has atrapado el robot de bullet de diamantes\?"

"Está bajo investigación."

"¿Lo hizo\?"

"¿Son las mujeres ahora seguras en la ciudad\?"

"¿Tenía ayuda\?"

"Dos personas están cargadas, uno es ser.Wright. ¿Cuál fue\?"

"¿Lo hicieron ambos\?"

"La vigilancia es clave. Además, cualquier información sobre estos asesinatos que sería útil para la policía se aprecia mucho."

"Pero-"

"Eso es todo. MantenerseA salvo a casa."

***

Frank estaba furioso. Tal heat bajará del alcalde'S Office y el Comisionado de Policía. Le preguntó a su personal,"¿Cómo se apagó su nombre\?"

Un director respondió,"Recuerde, que los cargos van a Boss Boss, en el registro."

"Apriete las líneas hacia arriba, los niños. Ustedes'He trabajó muchas noches tardías en estos casos. Quiero convicción de tu parte."

"Sí, señor,"Respondió a los oficiales.

"Tiene el coronador liberadoHallazgos completostodavía\? Hazlo para verme. También tome sus notas y escuche, y no pase información hacia el público. ¿Haces las preguntas, ¿de acuerdo\? Quiero decir que nada es liberado en absoluto. Mamá es la palabra."

***

"Dos huellas dactilares y no solo uno,"Dijo Matt Munching en un sándwich en la oficina.

"Sí, ahora tenemos comparaciones, y ahora sabemos que el padre estaba involucrado. Gosh, ¿cómo va a ir a niveles para manejar dos impresiones casi idénticas\? Supongo que mejor hago eso le cuenta a Jack."

"Sí,"dijo Matt.

***

Varios diasMás tarde, el laboratorio regresó con pruebas más en el papel de la mosca y se confirmó que era la cantidad correcta de arsénico para matar a una persona. El informe balístico se derribó en thE Mano de la parte de laBraeston'shogar, un pistolero fantasma. No tenían pistolas registradas.

"La bala fue despedida en la balísticasPara obtener el tipo correcto y combinar las balas,"dijo Pickett."Definitivamente, un calibre de .45. Las balas no tenían números de serie on ellos."

"Lo tengo. Agregue otra carga. Esas armas y balas son ilegales aquí. Estaba siendo inteligente, sí, tal vez no. Huellas dactilares en el arma\? En las balas\?"

"Parece que las impresiones son similares, los técnicos todavía están tratando de figurar ese uno a fuera."

"Maldita! Estos casos están empezando a llegar a mí, pickett. ¿Puedes llamar allí ahora mismo y obtener la última información\?"Pickett bajó el pasillo haciendo una llamada que solicita a los técnicos lo llaman. Élcaído en el legalla oficina."Jack, ven conmigo."Cuando regresó a la oficina, Matt había puesto la llamada en el teléfono con altavoz."

"Huellas dactilares, aquí\?"

"Cual es el estado deBraeston¿Caso y comparación de huellas dactilares\?"preguntó Matt.

"Tenemos impresiones que coincidan con el padre y Jeff en el arma,y unoConjunto de impresiones en las balas."

"Gosh, desde un punto de vista legal que tiró del gatillo\?"

Matt y Pickett se sentaban allí que se volvió a ver a una vez.

Jack fue el primero en hablar,"Regárdearme, chicos en ese."

***

Sara, Jen y Melissa estaban en la habitación al lado de hacer tareas asignadas.

Melissa estaba dibujando y escribiendo su informe como Mad."Esto es como sobrecarga del cerebro."

"Sí,"dijo Jen,"Estoy escribiendo mi informe sobre las habitaciones."

"Entonces, yo, y ahora tenemos las revistas de la casa,"dijo Sara."El copazo de código está aquí, peroél yosn'T seguro. Lo que es interesante son los números en todo el texto."

"Me pregunto qué significan\? Tal vez ese es el código\?"Pensó que Jen fuera en voz alta. Estoy en las primeras revistas y tal vez hay una lista maestra de los códigos o sería demasiado fácil."

"Sí, veamos\?"

***

Matt y Pickett entraron a la habitación.

"Melissa, necesitamos su ayuda con el café de nuevo,"dijo Matt sosteniendo su taza vacía."Puedes hacer\?El café con Jeff'S padre\?"

"Claro, pero estas revistas, realmente necesito hablar con Jeff también para ver si podemos gritar los códigos."

"De acuerdo, vamos a hablar sobreE Papel Fly y el arma con Stanley."

Con un gran respiración en,"Yo'M Fistado, mate."

***

Habitación de interrogación"B". Stanley es traído, y Frank y Pickett están detrás de espejo de dos vías.

Matt comenzó,"Stanley, en el sótano que tienesAlgunos papeles de mosca. Dices que es'Tuy tuyo\? Está en tiR casa. ¿Y qué hay de la pistola\?"

Melissa touchEdél. Él se inclinó.Fotos de Varecido Él estaba allí cuando se compró el papel de mosca; Él estaba allí cuando se puso en el jugo de naranja.

"Debes estar limpio y no mentir. ¿Tu es correcto tu cuenta\?"

"Bien-Yopuedo'tTe digo"Él dio una sonrisa.

"¿Qué pasó, Stanley, después de comprar el papel de mosca\? Estabas allí\?"Consulado Melissa.

"Eso-Eso'sNinguno de tu negocio."

"Bien, yot's¿Qué es más\?"

"¿Cuál'seso\? Ustedes¿Sabía que estaba en el jugo de naranja\?"

"Estuviste allí cuando se compró el papel de mosca y estabas allí cuando se puso en el jugo de naranja."

"Sí,que'scierto."

"¿Sabías que estaba en el jugo\?"

"Ken era débil. ¿Qué importa\? Él iba a morir de todos modos."

"Morir\?"

"Sí, él estaba muriendo. Veríamos que eso."

"¿Quién vería a eso\?"

"Jeff y I."

"Entonces, ¿qué hiciste\?"

"Sabes que nosotros eran misericordiosos y lo hicieron por las razones correctas."

"¿Lo di el arsénico en su jugo de naranja\?"

"Por Dios's, sí. Él estaba muriendo."

"¿De qué manera\?"

"Cáncer."

Melissa se volvió hacia Matt y Matt, dijo"Ken's Informe médico no mostró rastro de cáncer."

"Luego él mintió."

Stanley miró hacia abajo y murmuró.

"¿Quién lio\?"preguntó Melissa.

"Jeff."

"Ahora, ¿quién es dueño de la pistola\?"

"¿Qué arma\? YoDon'tSepa de eso."

"El uno con tus huellas dactilares en él."

"Oh, eso. Eso fue para ponerlos, y fuera de su miseria."

"¿Quién, las mujeres que Jeff trajeron a casa\?

"Demasiado. Condido conde"

"¿Quién disparó el arma\?"

"No hace"Tésimo ... ellos'Reh muerto."

"¿Quién disparó el arma, Stanley\?"

"... Sí, Mumbre. We-IDisparó el arma."

Pickett te llevará a enmendar tu declaración.

***

Con su abogadofuepresente alONG con Jack quegiró sulegalPluma en cierto tonto. Jeff fue traído a la interrelación"B".

PickeTT tomó la ventaja."Sus huellas dactilares están en el arma, Jeff. ¿Ayudaste a tu padre a cargar el arma\?"

"¿Por qué te diré\?"

"Dónde'sel acuerdo\?"preguntó Jeff'El abogado de cerca con ruinas.

"Saben que compré el pistolero fantasma."Jeff susurró en su abogado's oído

"YoDon'tsaber algo sobre eso,"dijo Jeff.

"Tratar o no acuerdo\?"Dijo el abogado, señalando con desnuñe a su dedo en Jack.

Jack puso su bolígrafo después de garabatear una nota en la tonta."Para un mínimo, tienen 20 años. Para ti, obtendrás el mínimo por solo un cargo."

El abogado y Jeff confierieron.

"De acuerdo, entoncesél'ssolo por un cargo\?"

"Solo tenemos el cargo en este momento,"dijo Jack.

"Compré el arma y las balas; Yocargó la pistola, bang, pero yodidn't Tire del disparador."

"¿Dediste el arma a tu padre\?"

Melissa vinoen con café y tocado Jeff'S brazo."¿Qué hay de las revistas\?"

"¿Qué hay de ellos\?"

"Están en el código,"dijo Pickett.

Melissa vio imágenes del código base, y con su memoria fotográfica estaba pasando por las páginas en su mente.

"¿Estraste a alguien, Jeff\?"

"Oh no, señor. Estaba ayudando a mis contestos."

"¿Y por qué soy una bonita\?"dijo Melissa.

"Porque tu alma debe estar separada de tu cuerpo al aire libre para Dios."

"¿Y qué harías gratis para ser un bonito\?"

"Wrupar cualquier cable alrededor de su cuello y apretar el aire."

"¿Tu hermano te ayudará\?"

"Oh, no. Él era demasiado débil."

Pickett agarró todas las imágenes de asesinato y los colocas uno por uno frente a Jeff y su abogado."¿Son estos tus mejores\?"

"No,'erSí, son todos mis mejores. Mío todo mío"

"Necesitaremos su declaración a esto, Jeff,"dijo Pickett.

De la habitación preguntó Melissa,"¿Hicimos, pickett\?"

"La declaración se escribirá, incluida cualquier audio y video."

"Hay una cosa más, pickett. Se trata de las revistas. Tengo el código y básicamente es una obra por juego de los asesinatos, cada uno.

"Matt y espero con interés tu informe."

***

Fue temprano en la mañana en el tiempo de un sueño de vigilia que Melissa estaba en su habitación durmiendo.

Las imágenes de Jeff jugaban en su mente siendo que había estado en contacto con un asesino en serie.

La puerta se abrió a su habitación, y Jeff estaba parado en la puerta."He venido a ti, mi bonita."Se fue a la cocina y arrojó el cable de extensión de la tostadora.

Melissa lo intentó ser alejado, peropodía't.

Ella ahora estaba en una escena en la oficina donde Matt y Pickett estaban diciendo que Jeff y su padre había escapado.

En su sueño, elEl perro estaba ladrando, pero ellapodía'tDespierta Ella estaba rígida del miedo.

Jeff llegó a su cama, y dijo:"No solo puedo sentirte, sino también sinte tu pulso. Sí, mi bonita,"Y se inclinó, la sacó con su cabello y envolvió el cable alrededor de su cuello."Este papá, tupuedo'tDetenerme."

Melissa estaba acolecando y desperté con un comienzo para golpear la puerta. Jen y Sara estaban allí.

"Recibimos una llamada telefónica de Matt y Pickett,"dijo Sara.

"Sí,"dijo Jens histeralmente.

"¿Qué\?"dijo japonismo de Melissa,"Fuera con eso."

"Jeff y su padre, Stanley, fueron liberados en fianza."

"No ... No, ¡No! Él-theypuedo'tSalir."

"El juez dijo que no era un riesgo de vuelo, y lo dejó salir,"dijo Sara.

"Él-Él estaba justo aquí. Él quiere venir aquí,"dijo Melissa."

Se sentaban en el sofá.

"Él-él vehEs asesinatos con anticipación. Él me estaba acolecando."

"¿Cómo\?"preguntó Jen.

"Sí, tanto él como su padre establecieron las escenas del crimen."

"Oh, Dios!"dijo Jen.

"Tenemos que conseguir a todos en una habitación,"dijo Sara."Yo'llLlame a Matt."Tocó su collar de corazón que Matt la había dado.

"Voy a ir a mi familia yo mismo."

"No, nosotrosganó'tdividir."

"Llame a su esposo primero, Jen."

Jen puso su teléfono en el teléfono del altavoz. El teléfono se dejó caer.

"Jen,él'sacariciando a tu esposo. Debemos superar allí."

"Matt dice que dejar la línea abierta. Estarán aquí en 5 minutos."

Sara Said,"Tenemos que tomar elPerro con nosotros Date prisa ...."

"Sí,"escucharon a un hombre's voz cuando Jen giró el bloqueo en su puerta,"Saca el hombre y el perro primero, y luego tendremos tiempo, hijo."

"Jeff!El perro está ladrando, perodónde'sel padre\?"preguntó Jen.

"Estoy aquí para ti ..."

StanleyEstaba parado detrás de la puerta con un arma. Jen le dio al perro el mando a atacar, y Melissa le dio al perro el comando. Dos perros estaban en el padre. Jeff tenía un cable alrededor de su marido's cuello, y él pudo jadear en el piso. Jen corrió a Jeff y con la fuerza más posible lo empujó, aflojando el cable.

La pistola se fue.Sara'sperro apuntó en dolor. El padre dejó caer el arma.

Jen'sEl esposo estaba en la harina, sin respirar. Jen estaba dando boca a la boca. Jen llamó a su perro y le dio un comando para atacar a Jeff. Jeff estaba luchando contra el perro.

Sara se congeló con el padre para el arma. Fue de nuevo. El disparo goteado porMelissa'sfrente.

"Jen, vea a Jeff,"Gritó Sara.

Jen agarró una lámpara de la mesa al lado delTV y lo golpeó on La cabeza con ella. La fuerza se destrozó la bombilla. Jeff estaba abajo de sus rodillas y Jen fue por la cinta de enmascaración de que ella había de mover algunas cajas queT mañana. Junto ella y Melissalo sostuvo y lo agarró. Jen fue a su esposo para ver si estaba respirando. Él tosió. Él estaba vivo....

Sara agarró el arma y lo sostuvo en Stanley.

Matt y Pickett llegaron. Otros oficiales estaban allí, también con puntas a la punta.

"Matt, necesitamos una ambulancia para la atención médica, incluido uno de los perros."

Más tarde ese día,Jen'sEl esposo recibió un sedante y se mantuvo durante la noche. YJen'sMamá tomó el pequeño que había llorado por todo.

***

Parece que no se puede dormir una de las pandillas, y terminaron en un restaurante de toda la noche en la calle 16, llamado,"Shakey's". Sirvieron el queso de increíble con un café para lavarlo. Condujeron a la estación de policía donde tres tres dieron declaraciones de testigo.

"Ellosganó'tSalícelo con esta vez,"dijo Matt.

Frank se despertó en el medio de la noche para bajar a la estación de policía a las 3 a.m. Él reunió a sus hombres y ladró detalles por el cambio.

"Ambos hombres se procesan ahora,"respondiólaSargento,"y tenemos elniños y tripulación trabajando en papeleo."

Frank asintió.

"Encontramos el resto de los diamantes en elpadre'sbolsillo."

Frank recibió una pequeña bolsa de terciopelo y miró adentro.

"¿Cuánto\?"

"Un millón de dólares dan o toma unos pocos dólares,"dijo Matt. Caminó con Frank a su oficina.

"Eso resuelve el robo de joyería,"Dicho Frank."El propietario estará encantado de volver a su propiedad robada."

En Salida, Sen, Menissa, Menissa,"Es hora de más café,"Dicho Melissa y todos se rieron.

"Parece que tres tresptos de suspendidos y harían excelentes oficiales. El perro que se lesionó ha sido tratado y obtendrá un tiempo libre. ¿Cuál fue\?

"Max,el perro de seguridad,Sir,"dijo Pickett.

"¿Qué te dirá a los oficiales y pasando por la Academia de la Policía\?"

"Conviértete en uno de nosotros,"dijo Matt.

"Y tener más café,"dijo Pickett.

"Acabamos de tener pastel de queso, señor,"dijo Jen.

"¿Podemos tener algún tiempo para pensar en eso\?"dijo Sara.

"Necesito unas vacaciones,"dijo Melissa.

"Todos los gastos pagados por el departamento,"Dicho franco,"Y citas para la valentía, para cada uno de ustedes."

En la isla de Vancouver, hubo una cemora de doble boda en progreso....Sara yMatt,Pickett y Melissaestaban diciendo su matrimonio que hago'S Cuando un disparoSalir.

Sobre el autor

WendyTarasoff, BUna
Nombre de la pluma Wendy Turner

Wendy realizó palabras y oraciones marcaron la diferencia de su escritura. Ella fue de escribir papeles de grado E de escribir en una obra de A ++. Creció en una casa de tradición oral contar historias en torno a la mesa de la cocina, y trabajó como camarera, jockey de gas y luego como secretaria. Completó su título en inglés en Simon Fraser University mientras que comía mucho chocolate. Wendy ganó un premio para la poesía: los jueces para la competencia de poesía eran alcaldesa alejada de la ciudad de New Westminster, y uno de los dos reposiciones de poeta en Canadá.

Ella ha publicado tres libros de niños-*Asustar la oscuridad, perla del dragón,*y*Freddie, el ratón hablando.Freddie*está en versiones inglesas y españolas. Ella también ha escrito el*Salsa secreta de oraciones,*un libro para ti en sentencia structure. Wendy acaba de completarlos toques finales en un thriller de asesinato romance,*Diamante*En las versiones de inglés y español.

Su trabajo se puede encontrar en Amazon.com adentroER Real o Pen NombreesLogiudad bajo autor autor trabaja al comienzo del libro. Ella también ayuda a que los escritores obtengan su escritura editada para Amazon.com. Además, tiene diseñadores en el toque para su cubierta de libro especial.

Llegar a Wendy directamente en**wtarasoff7\@gmail.com.**Por favor, deja una reserva de libros que ayudan a un autor. Aprecio tus comentarios.

www.ingramcontent.com/pod-product-compliance
Lightning Source LLC
Chambersburg PA
CBHW070932130626
46555CB00001B/391